パレードのシステム

高山羽根子

system of parade
haneko takayama

講 談 社

パレードのシステム

カバー写真・装幀　川名　潤

〈右側の街灯のところで待ってるから〉

と送られてきたメッセージどおりに京子さんは街灯のぴったり真下に立っている。お母さんのほうの親族は万事そんなかんじで、妙に律儀なところがあった。ただそのことを親族の内側にいるときに感じることはなくて、この土地から離れひとりで暮らすようになってみてはじめて気づいた。電車に乗っているあいだ三回くらい、

〈着いたら連絡します〉

と、返信しようと考えて、やめた。もともと行きちがいになるような広さの駅でもなかったし、この時間ならなおさら、車両にいる人の数を考えても降りるのなんて私くらいしかいないだろうし。

駅前の景色は記憶していたそのまま、コンビニの一軒もなかった。どこの飲料メーカーのものでもなさそうな格安のドリンクを売る自動販売機が、消えていたほうがま

だましなくらいのくすんだ光を路面に垂らしている。小型の乗用車でも三台停まれるかどうかのささやかなロータリーにはタクシーなんか当然いないし、光の当たらない一角に沈んで立っている停留所にも、いまの時間帯を考えればバスなんて来るはずはなかった。いやこんな駅前だったっけ、という気持ちと、ああたしかにこんな駅前だったな、という気持ちが同時に同じくらいの強さで頭の中にわいてきた。いや、ひょっとしたらぽんぽんと交互に浮かんでいたのかも。

　右側の、と京子さんのメッセージにあったからすくなくとも二本以上はあるんだろうと考えていた街灯は、ロータリーの右側に一本だけ立っていた。心もとない光で照らされた下には水色の丸っこい軽自動車が一台停まっていて、黒いスカートスーツを着た京子さんが車の脇に立ち、たばこを吸っている。車のヘッドライトは消えていたので、駅前で光を発しているのは自販機と街灯だけだった。小さいころのことを思い返してみると、ひょっとしたらもうちょっとあの当時の街灯はオレンジ色がかっていただろうか。または記憶自体が全体的にオレンジに変色してしまっているのかもしれない。いまはＬＥＤのしらじらしい、でも一応は誠実にそこにあるものたちの固有色を尊重しながら照らしてくれている灯りが、軽自動車と、京子さんと、たばこの煙がゆらぐ範囲までにぎりぎり届いていた。

　私の姿を見かけると京子さんは一度こちらに笑顔を送って手をあげ、それから下を向き、数回、急いで頬をへこませ残りのたばこを惜しそうに吸うと、顔を背けて口の横から煙を吐き短くなったたばこを手元の携帯用吸殻入れにねじこんでから、蓋をして上着のポケットにしまいこんだ。

「ごめんなさい、なんだか遅くなってしまって」

　と謝ると、

「本数減っちゃったからなあ、この路線も。夜なんかは特にね」

　京子さんは、私にあわせて方言を抑えるためか平坦な抑揚で言って、運転席のドアを開けて入った。私は京子さんにひとこと声をかけて後部座席のほうを開け、ひいてきたキャリーバッグを足下に入れてから助手席に乗りこんだ。前に乗せてもらったとき取り付けられていたチャイルドシートはもう無くなっている。悠《ゆう》君っていくつになったんでしたっけ、ときくと、五年生と返ってきて変な声が出た。京子さんはシートベルトをかけながら、いやあ、そりゃあ大きくなるよ、子どもだもん、と笑った。

「お母さんは」

私がまたたずねると、ハンドルを切ってゆっくりロータリーを出ながら京子さんは、

「お姉ちゃんは式の片づけしてたけど、もう終わったとこじゃないかな」

とこたえる。

幹線道路には、ときおりガソリンスタンドや牛丼店、あとはゲームセンターなのかパチンコ店なのかわからない派手な名前を持つ四角い建物なんかが、いたたまれなさをたたえた強い光をぽん、ぽん、と唐突に放っている以外は、この時間とっくに店じまいをした中古車の露天展示販売場、貨物のコンテナを積み上げただけのレンタル倉庫、車検や大規模霊園の大きな看板とかいったものが間隔をあけて建っている。その間を埋めるのは空き地と畑と、どこにでもあるコーポタイプの低層アパートだった。等間隔に並ぶ街灯が、車の窓越しに、リズミカルに私の顔を照らした。

「遠いのに、ありがとうね」

運転をする京子さんに言われて、

「いえ、本当は呼ばれてなかったのを来ちゃったんで。だから、かえって、なんだかごめんなさい」

と答えた。

「でもさ、忙しいんでしょう、すごいよね」

京子さんのその言葉には、まったくなんの含みもなかった。聞いている側の私に引っ掛かりがあったから、勝手にちくりとしただけで。

十年ぶりくらいにはなるかもしれないおじいちゃんの家は、前に来たときとほとんど変わらない古臭さを感じた。私が幼いころから、ここはとても古い場所だった。けれど、もうこれ以上は古くならないものだと誰かに決めつけられて、埃さえも動きを止め、いまより積もることを許されなくなってしまったとでもいうふうに見える。玄関の引き戸の外側には、今回のおじいちゃんのことについてのちょっとした案内が貼りついていたけれど、ほかに変わったところはひとつもない。今回のお葬式を周りの人たちに知らせるものは、小さな立て看板のひとつだって置かれていなかった。

おじいちゃんが死んだというメッセージがお母さんから届いたのは、たしか先週のことだった。そこには、今回はちょっと特別だったから人を呼ばないでやることにしたと書かれていた。特別という言葉について私は考える。式が終わってない今の段階で、特別〝だった〟のは、おじいちゃんの死がということだろう。

今回、おじいちゃんのお葬式はお母さんと京子さんのふたりだけで行なったらしい。私のお父さんも、義父であるおじいちゃんとは血がつながっていないからという理由で式には参加をしていない。身内だけでとか内々でとかいう言葉では聞いたことがあったけれど、いざこんなふうに厳密に実子だけで行なうと言われると、ほんとうにこんなことってあるんだ、と意外な気がした。近所の人やほかの親族もみんな、四十九日の後になってからお別れ会というふうにしてお弔いに参加するのだそうだ。おじいちゃんはもちろん、お母さんや京子さんとも滅多に会っていないほどの私なんて、ふつうに考えたらとても参加できる立場じゃなかった。

私がおじいちゃんの家に着いてみると、もう式は済んで片づけもあらかた終わっていた。火葬に向かう明日までお棺は仏間に置かれている。ほんのちょっとの決心をしてから覗きこむと、記憶よりもずいぶん小さくて、でも覚悟していたよりもずいぶんきれいなおじいちゃんが、白いてらてらした、清潔な布の上に寝かされていた。鼻や耳に詰められた繊維は、湿気を取るための処置だろうか。見ながら、そういえば人間の体の大部分は水なんだったっけ、と思い出す。

　昨日、お母さんとの電話で、おじいちゃんにお別れだけでもと無理を言って、来る時間や帰る予定についてひととおり話したとき、私の仕事の忙しさだとか体調を気づかいながらも、電話の切れる最後のほうに、

「ほんとうに来るんだ」

　とつぶやいていたお母さんは、

「わざわざ、ありがとう」

　と言いながら、それでもやっぱり、〝あ、ほんとうに来たんだ〟とでもいう、どこか他人ごとっぽい表情をしていた。無理もなかった。私は最近めったに実家に行っていない。つまり今回お母さんと会うことが、京子さんと会うこととたいして変わらないほど久しぶりだった。

「夜ご飯まだでしょ、台所におにぎりとけんちん汁があるから適当にあったためて」

「うん、お父さんは、家？」

「だってロビンの散歩とか、ご飯もあるから」

とこたえたお母さんが続けて、ふいに思い出した言葉をころりと発した。

「今日、中村さん。ええと結ちゃんて子だったっけ？　が来たんだよ」

「あー……」

そういえば、昨日中村のアカウントから、来るの？　とメッセージが届いていた。私はここに来ることをＳＮＳに書いた覚えはないから、おじいちゃんのことがもうこのあたりの人たちに広まっているということなのかもしれない。中村は高校生のころ、特別に派手でも勉強を怠けていたわけでもないのに爪だけはきれいに塗ると決めていて、そのことだけでうっかり、不まじめな生徒のほうに分類されてしまっていた子だった。私はこの場所のそういう部分もあまり好きじゃなかった。爪のきれいさなんて、放っといてくれたらいいのに。

「あんたがこっちに来たついでに、時間があるなら会いたいって言ってたけど」

と母は言う。ＳＮＳのタイムラインに流れてくる中村の写真は、この町のいまのようすがよくわかるものばかりだったけれど、そのどれにも中村自身の姿は写っていなかった。だから、いまの中村の具体的な姿を想像することができない。たしか私なんかよりもずっとこの場所に居づらそうな雰囲気を持っていたから、高校を卒業してからも中村がずっとどこに出ることもなくここに残っているということが、なんだか意外な感じがした。

「すくなくとも明日の昼前までは、ここにいると思うって伝えといたから」

「あとでメッセージ入れとく」

私はちょっと困惑していた。突然にやって来られても、私は中村といったいなにを話したらいいのか、まったくぴんと来なかった。彼女が苦手だったわけでもなく、決定的なけんかをした記憶もない。とはいっても、仮にどのような相談を受けたとしたって私はなんの力にもなれそうになかった。私のほうも、彼女と会って、人生でいまどんなできごとが起こっているのかとたずねられても、どこまで話したらいいか、どうこたえることで彼女を満足させられるかなんて見当もつかなかった。

　このあたりに暮らしていたころの私はまだ十代の子どもだったし、親族や学校の人なんかが死ぬようなことはめったになかった。だからこの地域でどんなお葬式が行なわれていたか、はっきりとは覚えていない。お母さんと京子さんが今日、どんなお葬式をしておじいちゃんを見送ったのかも、いままで参加したことのあるあまり多くないお葬式の経験をつぎはぎして想像するしかなかった。お葬式は、結婚式や成人式、お祭りといったほかの風習とちがって、写真や動画を撮られることも、それらをＳＮＳに上げられることもあまりないし、参加した人に詳しく尋ねることもふつうはしない。たとえば私がどこかで誰かのお通夜に行き、妙な風習に見せかけたいろいろなお見送りの手順をこなして帰り、その後でみんなが「どっきり大成功」、なんて言いながら笑っていたとしたって、たぶんぜんぜん気がつかない。同じようにここで行われた一連の、お母さんと京子さんが体験した閉じられた儀式がどれだけ奇妙で特殊なものだったとしても、外側にいる私みたいな人間が確認する方法はなかった。

　世界中の各地にあるお葬式というものは、なにかの神様か、あるいは地域の古くから伝わる伝説かに由来するものなのか、いろんな要素が複雑に混ざって成り立っているんだろう。きっと、どういう人たちによってどういう方法で伝えられているのかにも関係している。お葬式というものには、そういうあちこちの細かい約束ごとがひそんでいるような気がする。だからこそ、その集団の外側にいる人たちから見たら、どこかいんちきくさいものに見えてしまうこともある。

おじいちゃんのお葬式が、こんなふうに少人数でこそこそと行なわれたのには、明らかな理由があった。それは、おじいちゃんの死にかたのせいだった。おじいちゃんがたとえば病気とかなにかで——それが自然なのかどうかは私にはわからないけれど、つまり一般的にいう——自然な形で死んでいたのなら、こんなお葬式をやる必要はなかったらしい。だから今回のこのお見送りかたは、魔よけというか、厄よけというか、よくないことが起こったから、それを隠すためにひっそりと行なうという意味が含まれているものだった。ただ、その約束ごとが周囲の人によって決められた風習みたいなものなのか、もしくはおじいちゃんの遺言といった個人的なものなのかは、はっきりとしなかった。

明日の午後、おじいちゃんはこの真新しいお棺に入ったまま燃やされる。このことは、地域の約束ごとだとか宗教の都合だとか、古い文化だとかそういうものとはまったく関係なく、シンプルに国の約束ごと、ようは公衆衛生の問題によるものらしい。いくらそれぞれの地域にそれぞれの文化があったとしても、ここは現代の日本で、家族のお別れに関してはいくつかの統一されたルールやタブーがあった。それ以外にはそこそこ多様な心配りがされているものの、国のほうで法に基づいて設定された約束ごと自体は、どんな地方の人たちでもみんなが一律に守らなければならないものだった。

　キッチンに立って虚空を眺めたまま、ラップにくるまれた柔らかめのおにぎりをふたつ食べ終えた。けんちん汁は温めるのが面倒で、代わりに冷蔵庫から麦茶を出してグラスに注ぎ、飲んだ。玄関に放置していたキャリーバッグのキャスターをウェットティッシュで拭ってから持ち上げて、幅の狭い急な階段をのぼる。足が悪くなっていたおじいちゃんは、ここしばらくこの家の二階に足を踏み入れていないようだった。上がった奥にある四畳半は三分の一ほどのスペースが段ボールで埋まっていて、その手前の空間に、私のための寝具が用意されていた。部屋の隅でキャリーバッグのファスナーを引いて荷物を開ける。ここしばらくはずっと、展示で海外に行くときにもこの小ぶりなキャリーバッグを使っていた。たいして必要なものもなかったから、いままでこの大きさでもとりたてて困ることはなかったし、そのうえ今日みたいになにも入れる物がないときは、すき間だらけですかすかしている。慌てて部屋着とごっちゃにして放り込んだ、小ぶりな水彩紙のスケッチブックと、輪ゴムでまとめたサインペンの束を出した。スケッチブックのページは、今の時点で六割ほどが走りがきやスケッチで埋まっている。かきとめているものは、主にそのとき考えたこと、見たもの、思いつき、それでもやらなかったこと、などについてだった。

私は今までの、十代まで暮らしていたはずの場所についてだったり、おじいちゃんの家についてだったり、おじいちゃんの寝かされているようすについてだったり、そういったたくさんのことを忘れないうちに、急いでかきとめてしまいたいと考えていた。写真にも動画にも記録されないはずのこれらのことを今日、目がさめているうちにできるだけ記録しておかないと、眠ったあと、夢の中で起こったことと混ざってしまいそうな気がしていた。

起こったことや気づいたことをできる限り紙に残すようになったのは、この場所を離れて大学に通い、制作、というか表現活動を始めてからだった。だからこの町にいたときのことは、憶えているものはたくさんあるけれど、こういった記録には残していない。大学に入る前、つまり受験までのデッサンや水彩写生みたいなものには、心の内部の写しであるエゴ・ドキュメントやエスキースといったものがあまり必要なかった。というより大学に入るまでの作業は、それらを写しとめる技術を手に入れる訓練だったのだと思う。受験までにそれらを手に入れてから、私は、なんとかその武器を使って自分の内部と世界の境目を確認し始めたのだった。

　けれどなによりも、夜にこうやってスケッチブックになにかを記録する作業は単純に気がまぎれた。眠れない夜がどれだけ理不尽に続いたって、まったく無駄な時間が過ぎていくだけではなく、なにかしらそのぶんだけのものが溜まっていくというふうな、救いに近い気持ちがあった。自分の認識している空間を眠りつぶす代わりに、空白をかきつぶすことでその救いが増えていく。そうすることで私は疲れ、かえって自然にうとうとしはじめることができた。

朝遅く、昼前くらいに目がさめて窓の下を見ると、あずき色の小ぶりなワンボックスカーが家の前の路肩に停まっていた。

昨夜どれだけ思い出してみてもぼんやりとしか印象のなかった中村の顔は、実際に会ってみると、単に記憶が曖昧だったからか、それともいまはお化粧をしているからなのか、昔よりはいくぶんかはっきりして、垢ぬけたものに見えた。寝起きでたいしたお化粧もせず、髪形もあまり気にかけずにひとまとめにしている私は、中村にはいったいどう見えているんだろう。

地元に残っている同級生たちの何人かはすでに、ＳＮＳ上で子どもの写真をたくさんアップロードする人生のステージに突入していた。彼ら、彼女らの子どもの顔は、ハートやスマイルマークのスタンプで隠されることもなく、無防備なままオンラインの世界にどんどん流されていて、そういうご近所同士特有の警戒心のない無邪気なところには思わずはらはらしてしまうこともあるけれど、いっぽうで私自身は、そういう子どもの写真を見ることがとても楽しかった。個人的なスナップ写真は、いちばん強く人の心に届きうる作品で、こういった画像を見ていると、撮る側、端末の反対側にいる人たちの笑顔まで思い浮かんできた。なんなら子どもの黒く丸い目にその姿が映りこんでいるとさえ思えるほどの個人的で親密な作品たちは、でも、そのすばらしさについてはあまり深く触れられることなく、新しいポストに押し出されながらスクロールして流れてゆき、液晶の下方にこぼれ落ちていく。そのことは、私が自分の作品をあちこちに発表するようになってから、いっそうもったいないことだと思えた。

　気乗りはしなかったけれど寝坊で待たせてしまった負い目もあったから、中村の車で、彼女の提案に乗って一年ちょっと前にできたらしい道の駅に入った。近くで採れた野菜や果物なんかが売られている所の二階が、見晴らしのいい食券制の食堂になっている。食券機のボタンを押す中村の爪に、なにも塗られていないことに気づいた。いまあの人はどうしてる、その人は元気でやってるといったたぐいの話は、車の中でもうすでにしつくしてしまっていた。

「学校、辞めたんでしょう」

　と、席についたすぐあとに中村はゆったりした言いかたでたずねてきた。彼女の言葉を聞きながら私は、今日、中村が一番聞きたいことはこのことだったのだろうと思う。なんでそのことを、と考えてからすぐ、ＳＮＳアカウントの所属欄を大学からギャラリーの名前に変更していたことを思い出す。

学校を辞めたことについては、まだ両親に対しても詳しいいきさつを話すことができていなかった。学籍が抜けたわけだから、両親はもちろんそのことを知っているはずで、でも、私が学校に行かなくなってからいままで一度も家には帰っていなかったから、このことについて話すじゅうぶんな時間はなかった。両親が私を気づかってくれているのも、なんとなくわかっていた。

そもそもはっきり健康に関する問題でもない限り、こんなことにたいした理由なんて必要ないはずだった。もしあったとしても、周囲の人の前でその真相まで口に出して言うことなんてあるんだろうか。なにかを辞める理由なんて、ただ気が向かなかっただけ、とか、なんとなく、みたいなものだったとしてもまったく問題ないはずだった。なのに、私はいま、やっぱり答えるための適切な理由、誰に話しても眉をひそめられない言いわけを、注意深く考えてしまっていた。

こうやって私は、この町に帰るたび、親族と会うたび、子どものころのことを知っている友だちに会うたび、しなくてもいい言いわけを積み上げて生きていってしまう気がしている。これは、この町に正々堂々と生きている人たちへの後ろめたさなんだろうか。生まれた場所から逃げた私自身が、そこでまた学校を辞めてふたたび逃げたこと、そのことに大義名分も切実もないことを、言外に責められるという怯えがずっと頭の隅にある。いままで何度も、ただ単に私が子どものころの町から、成長する過程でたまたま別の場所に移動しただけなんだと思いこんでみたけれど、お母さんやお父さんと話すたび、こうやって友だちと久しぶりに会うたび、私がこの人たちの場所から逃げてしまったんだという卑屈っぽい思いは、なかなか消えることがなかった。

「学校は好きだし、もったいないとは思ったけど――でも、いまのところはちょっとこっちをやって、もっと年を取ってからでも通いなおすことができると思ってて――そうなっても入学金はいらないから」

　言葉はどんどんまどろっこしく言いわけがましく、早口になった。声のトーンも軽く明るくうわずっていき、自分がしゃべっている話が自分でもどんどん嘘くさく思え、芝居がかった部分ばっかりが鼻についてしまい、話していると自分自身の気分がどんどん悪くなってくる。

　大学で私の学ぶことがまだたくさん残っているのはほんとうだった。ただいっぽうで、私のところに来た作品発表のチャンスだったり、制作の依頼といったものは、全部ふつうに考えたら一生のうちにどれだけ望んだとしても叶わないくらいの貴重な経験を伴なうもので、断るなんてとてもじゃないけれどもできなかった。学内課題のための制作と、国内外たくさんの人に見せるための作品制作には、ほんのちょっとずつのちがいが生まれてしまってもいた。以前は、どんな環境でも作るものに変わりはないと思いこんでいたけれど、それは、私からどちらがわに矢印が向いているか、角度のちょっとしたちがいで、そのうえどちらの要素も自分には必要なものだった。その上で、いまはこっちをとても必要としてもらっている。できる所までがんばって、それからまた勉強に戻ったっていい、それは逃げないのだから。――というのが私から両親に向けて用意していた言いわけで、私はいま、中村にその言いわけを流用してしまっている。

　ふうん、という中村の何気ない相槌にさえ不満をくみ取ってしまうのも、やっぱり私の側の問題なのかもしれなかった。

「でもさ、こんなふうに作品を認めてもらったんなら、もう学校に行く必要なんてないんじゃないのか」

中村は、私のことを励ますふうにも思える無邪気さで言った。

大学に行く必要性なんていうものは、多くの人にとってなにかを目指して社会的に成功をすることにある。というその考えに基づいた会話に乗って、学校に行って人脈を作る必要はもうなくなっただとか、作品で稼げるから学費を払う意味なんて感じられないだとか、私のほうでも、そんなふうにして話したほうが、かえってうまく会話が進んだのかもしれない。

つまり、あれだけ理屈をこねて早口でまくし立てた私の言いわけは、けっきょくあんまり中村の心に満足を与えることはできなかったみたいだった。そうして、

「でもさ、学校の仲間とか、トモダチとか、みんなだって残念がったり寂しがったりしたでしょう」

帰りの車の中で、中村が特別深く考えることもせずこぼしたその言葉で、私は、自分でも思いもよらなかったほどひどく動揺してしまった。

学校を辞めるころには、私の作品についてなにか感想を言ってくる人は学内にほとんどいなくなっていた。あちこちに私の作品に関する批評や取材が載るようになって、それを見つけたよ、読んだよと言ってくる人は増えても、作品自体についての評価、賞賛、あるいは否定的ななにかについて話しかけてくれる人は、なぜだかひとりもいなかった。これは学校の中の人たちが私の作品について語る価値なんてないと思っていただけのことかもしれないし、また、作品について同期の作り手同士がそれぞれ、あまり評価し合うものじゃないという暗黙の約束ごとに縛られていたためだったのかもしれなかった。

自分の作品だったり、それを通した自分の考え方について詳細に語り合うことのできる人は、学校の中でひとりだけだった。みんなにカスミと呼ばれ、私もそう呼んでいた子だった。大学の中で友だちとはっきり言えるほどの付き合いをしていたのは、まちがいなくカスミだけで、でも、思い返してみれば私は、専攻のちがう彼女のフルネームを知らなかった。

カスミはたぶん私よりもずっと繊細で、いっぽうでとても才能がある子だった。才能というのは技術とか知識とかセンスとかそういうことではなくて、なにかに突き動かされて制作をする、とかいうふうな切実において、私なんかよりもずっと抱えこんでいるものが多い子だった。その切実とのトレードオフだったのか、日本に限らず、たくさんの人間がくらす社会で作品を制作するためには、やっぱり彼女は、複雑すぎたのかもしれない。

カスミと私は、よく学校の敷地内をあちこち歩き回った。大学はとても広くて、あんなにずっと毎日うろうろしていたのに、私たちは結局、大学のすべての場所を把握することができなかった。でも、大学に限らず、学校というものはどこもそんなものなのかもしれない。私は小学校でも中学校でも、卒業までにその場所にあった設備のすべてを把握することはできていなかった気がする。

私たちには、大学の中でもとりわけ気に入った場所というのがいくつかあった。学食なら給水機の斜め脇のあたりの席、大講堂なら前すぎず、後ろすぎもしない通路ぞいのあのあたり、というふうに。

中でも気に入っていたのが彫刻棟からクラブハウスの裏側につながる空間で、そこにはあらゆる学部の学生たちの作品だったらしきものが捨てられて、積み上がっていた。置かれているのは明らかな失敗作で最後まで完成させられていないものだとか、課題で無理矢理作った気乗りしない作品の返却があったあと、解体して処分するのが面倒でそのまま置かれているようなものもあった。学生課に認められたゴミ捨て場ではなく、自然発生的なものみたいだったから、放置されているこれらがすでに廃棄物なのか、それともまだ作品なのかは曖昧なままで、だから学校側でもすぐには処分することができないでいる状態みたいだった。放置されたものは定期的に廃棄します、ご了承くださいと書かれた看板があるのをいいことに、絶えずここには完成しているのかいないのか、主張したいことを表現しきっているのか、あるいは言いたいこととも言えないくらいのなにかを口ごもっているのか、中途半端なものたちの展示会場、もうちょっとセンチメンタルにいうなら、〝作品の墓場〟になっている。

　それらはたとえば女性の裸体が途中まで彫られた丸太だったり、下地なのかそれが完成品なのか、色を塗り付けられたカンバスだったり、インスタレーションの一部分らしき、組みあげられた金属や樹脂だったりした。大きい布は作品それ自体だったのか、作品の梱包材だったのか、または図像の投影されるスクリーンや背景だったのか想像もできない。そういったものを歩いて乗り越え、隙間をぬって通るのがカスミも私も好きだった。私たちの足元にある塊がいっときでも他人に作品と認められたものだったのか、作った本人でさえ一瞬たりとも作品とは認めなかったものなのか。どっちにしても、もうこんな場所に積み上げられてしまった今となっては、そんなこともあんまり関係がなくなっている。そういう様々な質感を持った塊の中に潜りこんで歩くことが私は楽しかったし、カスミのほうは、ちょくちょくここに在るものを拾っては、自分の作品に流用していた。

転がっていた炊飯器のふたをカスミが開けると、中に、たぶん百円ショップやなんかで買ってきたのだろう造花が詰まっていた。ふたを開けたまま炊飯器を抱えて上下に揺すると、たくさんの花びらが次から次に溢れ出す。これが、誰かにとって重要な何かを伝えるための切実な方法だったんだろうか、などと考えると、それらが急に憎たらしくなったり、愛おしく見えたりする。花を溢れさせながらカスミは耐えられなくなって、わはは、と笑った。カスミはこういう、がらくたに切り替わりつつある作品が好きだとよく話していた。というか、それぞれの部品が作品であることを保っている、その境目を探るのを楽しんでいたのかもしれなかった。

「この間の公募展に、犬のうんこの絵を描いたんだ」

笑い終えるとカスミは真顔でそう言った。それはたしか、企業が地元自治体と組んで、自社製品に使用するためのイラスト公募で、猫の絵コンテストと銘打たれていた。ふつう、美術学科の学生がこういったものに応募することはあまりない。こういった公募は、たとえばイラストレーター志望の人だったり、子どもだったり、もっと開かれたものとして行なわれている。

「猫のじゃなくって犬のなんか」

というちょっとふざけた私の言葉に、カスミはまじめにこたえる。

「そう、大変だったんだよ、用意するのが。猫はそのへんにいるけどさ、犬っていま、野良がいないから。うんこなんてすぐ片づけられちゃうし」

「犬のか猫のか、絵に描いたうんこのちがいなんてわかるもんなの」

カスミはまた、わはは、と笑って言った。

「そういう問題じゃないでしょう」

そうだった、〝そういう問題じゃない〟ことは明らかだった。この場合、犬のうんこが作品として成立しているか、公募の規定違反かどうかっていう話じゃない。猫絵画の公募展に犬のうんこを描いて送る、という行為自体が作品なんであって、何を描いてもいい、審査のない公募展に犬のうんこなんて描いて応募したってまったく意味がない。犬のうんこの絵がそれだけで作品なわけじゃないし、犬のうんこが作品なのでも当然ない。こんな、ひどくばかばかしくってシンプルなことを、カスミはほんとうに軽やかに考えているところがあった。

　散歩のあと、学食のいつもの場所でパックのカフェオレとタマゴサンドを食べていると、テーブルについていた肘になにか当たるのを感じた。向かいの席に座ったカスミを見ると、にやにやしながらテーブルの上に両手を揃えて、そのうえに顎を載せている。彼女の視線を追って私の肘元を見ると、彼女のほうから走らされてきたおもちゃの車が、私の肘にぶつかり止まっていた。ちょっと後ろに引いて手を離すと走る、良くあるプルバック仕掛けのついたタイプのミニカーは、ルーフ部分に穴が開けられていて、そこにレゴブロックの人形、足を外された上半身だけが、片腕を上げた形で固定され、ホットグルーで接着されている。たぶんこれは、今さっきあの場所から拾って来たものだ。カスミはそうやって、あの場所に行ったときにいつもなにかちょっとした作品の破片を拾って持って帰ってくる。私がそれをつまみあげようとするより先に、すっとカスミの手が伸びて、

「これは、私の作品に使う」

と笑って、パーカーのポケットに突っ込んだ。

中村はおじいちゃんの家の前で車を停め、私をおろした。それから、車の中でずっと黙りこんでしまっていた私に、

「ひとまずがんばって……まあ、私なんかよりずっとがんばってるか」

と言った。私が、そんなことないよ、と言いよどむ時間も与えないまま、あずき色の車は行ってしまった。

私はこの場所をあまり好きではなかったけれど、いっぽうでここに暮らす高校のときまでの友人は、みんな優しくて、私が黙りこんでいるのは、考えたりためらったり、傷ついたりしているのかもしれない、と先んじて考えてくれるような人たちだったということを思い出した。

玄関から居間に入ると、

「ねえ、知ってた、おじいちゃんってガイジンだったんだって」

と、まあちゃんが私に向かって言う声が響き渡った。まあちゃんは県内の中高一貫校に通っている京子さんの長女で、今日は忌引きをとって、おじいちゃんの家の整理を手伝いに来たらしい。親とも離れて暮らしていて、おじいちゃんになんて何年前に会ったのかも覚えていないような不義理な私とちがって、かなり最近までおじいちゃんの家でいっしょに御飯を食べたりしていた、ようは私なんかよりずっと〝近い孫〟だった。

以前まあちゃんに会ってからもずいぶん時間が経っているので、この年ごろの子どもに変化が生じるのは、成長による自然なものなのかもしれない。ただそれにしたって、いまのまあちゃんは以前とずいぶんイメージがちがうというか、なんだか不自然にテンションばかり高くて、ちょっとした躁状態であるふうにさえ感じられた。

おじいちゃんは特別大きな病気をしていたわけではなかったから、まだしっかりと大人になっていないまあちゃんにとっては、今回の死は突然すぎたのかもしれない。悲しいできごとが起こったというよりも、起こった現象を処理しきれずに、困惑というか、混乱を抱えきれずに引き金になってちょっとした興奮状態になってしまっているんだろう、無理もなかった。

　まあちゃんが唐突にこんなことを言いだしたのは、後片づけをしていたおじいちゃんの部屋のいくつかの場所から、そう推測できる断片が出てきたからのようだった。断片は、ほかの家族に見られないように周到に隠されていた、というよりも、おじいちゃんが生活している空間の端になんとなく追いやられて、そのまま唯一の記憶者であるおじいちゃんからも忘れられてしまったとでもいうありさまで、ばらばらにしまわれていた。

　まず、タンスの上に積んであった千代紙貼りの箱からは、何枚かの古い写真が出てきた。そのすべてにふたりの子どもが写っている。お母さんたちではないみたいだった。あまりにも古く、その子どもは小さいので、これが幼いころのおじいちゃんを写したものなのかどうか、私には判別ができなかった。ふたりの子どもの性別も年齢も、それが兄弟なのか、ただの友だちなのかもわからない。その子どもたち同士が似ているのかどうかさえ不明瞭だった。

そうして、土産物の飾りが置かれた棚の奥には、絵ハガキの束と、古い記事の切り抜きが挟まっていた。それらの宛先を見ると、まちがいなくこの家に向けたものだったけれど、差出人だけでなく、あて名のほうにも見たことのない文字が記されている。おじいちゃんには、私のお母さんや京子さんでさえも知らない別の名前があったんだろうか。余白に書き記された文章は細かいうえに走り書きの手書き文字だったから、癖が強く崩れていて、これが古い人たちが使っていた日本語なのか、それとも別の国の言葉なのかどうかもわからず、とてもじゃないけれど読むことはもちろん、内容を予測することもできそうになかった。いっぽうで、切り抜き記事のほうの文章は活字だったし長いものでもなかったから、時間をかければ漢字から意味を読み取ることはできそうだった。いまでもところどころ読み取れそうな場所はあるけれど、ここですぐに内容を理解することはできそうになかった。

「ちがう、おじいちゃんはずっと日本人だよ」

と、京子さんが、まあちゃんのはしゃぎようをたしなめる低い声で言った。まあちゃんは不満そうに、べつに、悪い意味で言ったんじゃないけど、だって、みんな教えてくれなかったじゃん、いま初めて知ったからびっくりしたんだよ。と、早口でもごもご言う。みんな、しばらくしんとなった。私もおじいちゃんに関するそのことは初めて知ったけれど、いまここでまあちゃんに、私も知らなかったよと言ったところで、まあちゃんを安心させることができるかどうかはわからなかった。お母さんや京子さんはこのことをどのくらい詳しく知っていたんだろうか。ふたりはそれぞれ、あちこち目線を泳がせて、窓の外や畳のへりを見たりして、どういうふうに沈黙を破ったらいいのか、その最初の言葉を探しているようだった。

　しばらくみんな黙っている状況が続いたあと、はじめに言葉を発したのはお母さんだった。頭の中のどこかにあるおじいちゃんの記憶をたぐりながら、消えかけた部分を埋めて、またほかの人に話してきかせるというふうな話しかただった。母の言葉はとても曖昧なものに聞こえた。聞いている私がそう感じているということは、きっと話している本人は、もっとずっと不安定な気持ちでいたんじゃないだろうか。どこまでが自分の見たもので、どこからがおじいちゃんに聞いたことで、どこかでそのふたつが混ざってしまわないかと不安になりながら、じりじりと手さぐりするみたいに話を進めていた。

おじいちゃんは、台湾が日本だったころの台湾で生まれたって聞いたことがある。だから、国籍はそのときは日本。……だったんじゃないかな。すくなくとも、おじいちゃんのお父さんもお母さんも、いまの日本列島の中から移り住んだ日本の人だったことはまちがいなくて、だからおじいちゃんは日本語しか話せなかった……と思うよ。ただ、あのときは台湾自体が日本だったわけだから、どんな子どもが勉強する言葉も日本語だったんじゃないかな……で、日本が負けたわけだから、日本に帰らなくっちゃいけなくなった、ってのは歴史で習ったでしょう。日本が負けて、その時に、みんなそれぞれ残った仕事をどう片付けて、日本じゃなくなった場所を離れるようになって――。

お母さんの言葉はそこで途切れた。本当にそれだけで、そこから先が言いづらいとかいうことではなさそうだった。たぶんそこまでしか知らないか、そもそも聞いていないみたいだった。おじいちゃんの見ていた風景や心境といったものは、お母さんの中にそんなにたくさんは残っていなかった。たぶん、お母さんの話しかたは、おじいちゃんのその時期のことを、ほとんど断片としてしか持たず、本当のことか、記憶があやふやなのかもわからない状態なのだと思えた。

おじいちゃんはお母さんたちに、わざとなのか無意識になのか、自身の情報を、断片的にだけ残していったのだろう。きっと、この場所で長くいっしょに暮らしていたうちの数人の人たちに。

私は最初、お母さんたちはおじいちゃんの幼いころのことについて、それぞれが心の奥でだけ共有する言いにくいなにかが潜んでいたんじゃないだろうかと憶測していた。でも実際のところ、どうやら本当にみんなはおじいちゃんのことについて、あいまいな事柄しか語るべきものを持っていなかった。これは一族の秘密なんていう大げさなものではなくて、そもそもみんなが深く知らなかっただけのことだ。

おじいちゃんにとって人生で初めての、つまりひとり目の奥さんは、私のお母さんが産まれるよりずっと前にこの世を去っている。次に結婚したふたり目の奥さんとの間に私のお母さんが産まれた。つまり、おじいちゃんのふたり目の奥さんは、私にとって血のつながったおばあちゃんにあたる人だった。京子さんのお母さんは四年前に死んだおばあちゃんで、お母さんの母親とは別の人だ。おじいちゃんは死別を含めて三回の結婚をしていた。お母さんと京子さんの上には、最初の奥さんとの子どもである兄がいたらしい。京子さんのほうにも、三人目の奥さんが最初に結婚したときの義理のお姉さんがいたということを聞いたことがあった。私のお母さんの異母兄は亡くなったひとり目の奥さんの両親に引きとられているので、私のお母さんは小さいころの彼をちょこっと見かけたことがあるといった程度で、お母さんも、その男の子は自分に全然似ていなかったことくらいしか覚えていないという。京子さんの父ちがいのお姉さんに至っては、元のお父さんのほうに引き取られていて、もうずいぶん前に結婚して名前も変わり、どこかに引っ越して、会ったことさえないらしい。

家族というものが、その言葉の強さほどはっきりとした形を持たずに、時代や場所によってぼんやり解体したり流動的にまた結合して別の形に変わっていく。おじいちゃんの人生の、当時として考えてもさほど波乱万丈すぎはしない程度の経歴によって、おじいちゃんの子どものころの記憶、家族の肖像とかいったものの輪郭は、周囲の人の中でぼんやりかすんでしまっているのかもしれなかった。

たしかに家族それぞれの中で、死んだ人のことや別れた人のことについて軽々しくたずねてはいけないという気づかいも多少はあったのかもしれない。でもそこには明確なタブーが在ったわけではなくて、どちらかというとそんなことをたずねあわなくても私たちはまちがいなく家族なんだし、まあいいか、というのんびりした確認の不在とでもいうものによって、シビアに語り合う必要を持たなかっただけなんじゃないだろうか。

「おじいちゃんは、子どものころの話なんておばあちゃんにもほとんどしなかったからね、とくに、戦争のことになると子どもにとっては辛くって忘れたいことも多かっただろうし、実際本当に忘れてしまって、それか記憶があやふやになったから、正確じゃないことを言いたくないと考えたりもすると思うし。それに歳をとると覚えちがいや物忘れはしょっちゅうあって、でも、覚えちがいを不用意に口に出してしまったら、かんたんに嘘と同じになってしまうから――」

と話す京子さんは、今回のお葬式、というかおじいちゃんの死そのものについて、まだちょっと嘘なんじゃないかとでもいうふうな話しかたをしていた。これは、まあちゃんの興奮ともちょっとちがっていた。自分の父親がもう年老いて、どこかにそういう覚悟を持っていたけれど、その覚悟とはまったくちがう方向から何か思わぬ大きな力が掛かり変化が起こってしまったことが信じられない、というふうな。たとえばこのまま毎日を過ごしていたら、おじいちゃんがまた戻ってくるんじゃないか、とでもいう京子さんの平静な態度は、かえって私を不安な気分にさせた。おじいちゃんの生きている状態と生きていない状態、その隙間に京子さんがすっぽりとはまってしまって抜け出せていない、とでもいうようすだった。

考えてみれば私にしたって、おじいちゃんから戦争関係のこまごましたことはもちろん、なにかちょっとした昔話を聞かせてもらった覚えはなかった。三世代で同じ町に暮らす子どもが経験するような、お年寄りから聞く、彼らの幼なかったころの暮らしにまつわる遊びや食べ物といったものの話には、まったくなじみがなかった。

京子さんは、私にだけではなく、まあちゃんやお母さん、そうしてこの部屋にある全部のものに対して語りかけるみたいにして、つまりちょっと芝居じみた言いぐさで話しだした。

「思い出してみると、たしかおじいちゃんは記憶にちょっとかわった特徴があったんだ。新しいドラマを見始めたら、そのひとつ前に見たドラマのことはすっかり忘れてしまうみたいな、癖というか、性質というか。そのかわり、新しくドラマに出てくる人のことはすぐに覚えるところもあった。私が子どものころ夏休みに見ていたテレビ番組のヒーローの名前も、何人いても私より早く覚えるけど、ひとつ前のシリーズの名前はすぐ忘れる。こういう場合、物覚えがいいというのか、悪いというのかわからないけど……。そんな特殊な記憶のしかたをしていたから、ほとんどメモの類は残していなかった気がする。だから、おじいちゃんは、昔のことを人に言わないようにしていたのではなくて、たぶん本当に過ぎたことだから忘れてしまっていたのだと思うよ。で、完全に忘れたわけではないんだけど、まだらに覚えていたり忘れたりしていて、その記憶を適当に人に伝えてしまうことは誠実じゃないと考えていたんでしょう。日記や記録を残さないおじいちゃんのことだから、学校の成績なんかはこの家のどこにもないだろうけれど、周囲のどんな人に聞いてもあの人は優秀な人だったって話してくれたし。たしかに頭が悪いなんていうイメージもなくてふつうに仕事をしていたから、記録をしないことは病気の症状ではなかったんだと思う。それに、おじいちゃんはまったく、人生のうちで、たぶん、ほとんど本を読んでいなかったんだよね」

言われてみれば、この家には読みものの類がまったくなかった。さっき見つけた切り抜きの記事と同じように忘れ去られたものだろう、貼られたまま放置されている数年前のカレンダーのほかには、文字が刷られたものも見あたらない。私の気がつくのが遅れたのは、私自身もおじいちゃんと同じで、新聞や本をほとんど部屋に置いていなかったからだ。でもそれはあらゆるデジタル端末で活字を読んでいるからでもあって、こういう大きくて古い家に、本だけじゃなく新聞紙までがまったくないということは、気づいてみればなんだかちょっと変なかんじだった。

　おじいちゃんがいまの日本列島以外の場所で生まれた、というなんでもないできごとについて、この狭い部屋の中で、ちょっとした短い時間で、大した会話もしないまま いろんな想像の断片が飛び交った。細かな断片をつなぐことだけでなく、その、私がまったく行ったことのない別の国――そのときは日本であったとしても――に存在していた、おじいちゃんの子どものころの生活というのが、いっそうみんなの頭の中にある想像力をつかさどる部分を混乱させているみたいだった。故人にまつわる思い出話というには、それらはあまりにも曖昧なものであるふうに思えた。

しばらくそうやってみんなで黙りあっているうちに、午後に出発する東京行の新幹線の切符をすでに取っていたことを思い出した。私はみんなに簡単な挨拶をし、荷物を持っておじいちゃんの家を出る。

来たときと同じ道を駅まで送ってもらう京子さんの車の中で、お母さんから、

〈ありがとう〉

という文字の入ったウサギのスタンプが届く。私はスマートフォンの画面を眺めながら、いまさら、やっぱり来なかったほうがよかったのかもしれない、という後悔が生まれ始めていた。お母さんに、

〈ありがとう、なんだか、ごめんなさい〉

と返信した。同時に、

「学校辞めちゃったから、お友だちのお葬式に行けなかったんでしょう」

と、運転席で前を向いたままの京子さんが言った。

ああ、と思う。

「お母さんに聞いたんですか」

という私の問いに京子さんはまあ、うん、と、短く声に出し、顎の動きだけで相槌を打った。

私は、カスミの死を今回のおじいちゃんのお葬式に関連づけて考えてはいなかった。でも、今回私が無理を言って参加しようとしたおじいちゃんとのお別れは、ひょっとしたら、お母さんの中で私の友人の死と結び付けられていたのかもしれない。そう考えたら、私は今回、この訪問についての理屈付けにカスミのことを利用してしまったのではないか？　という後ろめたさがいきなり生まれて、それは京子さんの車から降りて、電車に乗っている間も、ずっと消えてなくなることがなかった。新幹線に乗っていても、頭の中にあったおじいちゃんのことが残り続けて無くならなかった。

おじいちゃんの人生のうちで、もうすでに日本ではない場所、そういう歴史の境界上に日本人として暮らしていた時期があったことや、おじいちゃんがここまでの人生で、どう自分の中で折り合いをつけていたのかについて考えていた。つまり、おじいちゃんの生きてきた、なんというか、手順みたいなものについてとか、記憶のありかたについてとか。

そうして、なぜこの年齢まで生きて、周囲の人たちを残して自死することを選んだのかということについても。

かつては、こういう死にかたを選んだ人に関して、こちらの世界に残された人たちは、社会の中で優しくされることも、厳しくされることもあった。信じられている宗教によっては自死は重罪とされるし、周囲の人が話題にすることを避ける、見舞わない、お葬式を公にしない、呼ばないし行かないというルールだって自然に生まれるだろう。それらは、人が構築し進化させてきた社会の中で、自死というものが忌みごとの中でも一番避けられるべきことだからという、ひとまずの理由を付けたことを意味している。でも裏を返せば、突然の理不尽な不幸を経験した当の家族たちに、それ以上の大きな心理負担をかけまいとする文化でもあるのかもしれない。なんにしても、人類同士の命は、その本人であっても意のままにしてはならないと考えられてきたんではないだろうか。

私がいまさら今回、おじいちゃんの家を無理に訪問してよかったのかと悩んでみたところで、どうにもならない気がした。おじいちゃんの個人的な、ぼんやりとした輪郭が、おじいちゃんが人生を終えた場所から遠ざかれば遠ざかるほど、私自身の頭の中でだんだんと形や色をくっきりさせ、焦点が合っていくのがわかった。それは、あの場所にいたおじいちゃんの頭の中で記憶が年々曖昧になっていったのと、ちょうど鏡合わせになっているみたいだった。

　おじいちゃんはお母さんのお父さんであって、自分とは苗字がちがうし、子どものころ近くには暮らしていたけれど、いっしょに長い時間を過ごしていたわけじゃなかった。私の子どものころの記憶におじいちゃんという人格が離れがたく根づいていたというよりも、私自身がなにを見たかや、なにを思ったかという記憶の、背景の中に立つひとりとして存在していた。おじいちゃんは私の人生の舞台装置の一個みたいにして、あるいは半透明の大道具や小道具みたいなものとしてあって、どういう考えを持ってそこに存在していたかについては、しっかりと考えることができていなかったと思う。おじいちゃん自身がなにかを考え、幼いころから長い時を過ごし成長して大人になり、老人になって、その間も常にショックを受けて泣いたり傷ついたりしていたのだろう、という当たり前のことが、いまになって、私の頭に明確な実感として浮かんでいた。

静かな暗い玄関前で、鍵を挿して回す音が響く。扉を閉めてキャリーバッグを玄関の中に入れてから、ミニカーがぶら下がった鍵を下駄箱の上に置いた。

人というのは生きているだけで絶えずなにか音を発している。多くの人が息をひそめ黙っている空間であっても、必ず人の音がするものだった。いっぽうで、人が住む建物のほうもまた、たとえ静かであっても耳を澄ますとうっすらと、なにか人の発するものとは別の音がしている。おじいちゃんの家だとか、さっきまでいた駅前には、人がたくさんいたからそれがぼんやりとしか聞こえなかっただけで、ひとりで暮らす家に帰るとそれがはっきり聞こえた。

私がいま住んでいる賃貸の部屋は、かつては一軒まるまる一般的な家族が暮らしていた戸建てだったらしい。上階と下階で振り分け、水回りや階段、玄関だけを工事して、各階ごとに別の人に貸し出せるつくりにリフォームしたこの古い建物の一階部分に入居して四年を超える。

美術大学に通う学生、特に創作をする学部の人間は、都内だったり都下や近郊にたまに見つかる、こういう古くて広い物件に出会い次第、そこに移って暮らすことがよくあった。私はまだ、作品として大きな構造物を作らないだけいくぶんかましだったけれど、創作活動が生活とわけられないような人間は私だけじゃなかった。中には、町工場が並ぶ下町のはずれにある貸しガレージを共同アトリエとして借りて、その隅で寝泊まりをする人たちもいる。そんなことができるのは体力のある若いうちだけで、なんて考えている学生時代を過ぎて、いつまでたってもそうやって暮らしながら創作を続ける卒業生は、私の周りだけで何人もいた。

　自分の作品が、自分のあずかり知らない場所で拡散されて、評価をあげている。この、考えてみればそうなるように望んで努力してきたはずではあるのに、いざそういう形になってみるとあまりにも奇妙に感じる現在の現象について、私はたぶん、多くの先人の表現者たち同様に困惑している。いまも。

　海外のエージェントとつないでくれるというキュレーターから連絡が来たのは突然のことだったから、その時点ではあまり現実感がなかった。展示会場と作品自体を写したオンライン動画の閲覧数が想像をはるかに超えて上昇していたあのとき、ギャラリースタッフも私もなんだかふわふわしていた。でも、その前置きがなければ、海外でのアートフェスへの展示オファーも、うさん臭いとうたがって、スパム扱いしてしまうところだった。ふつうに考えれば、受賞歴どころか展示歴もろくにない学生の作品が、海外の芸術祭に招待されることなんてまずないことだったから。

審査のために提出すべきポートフォリオを作るときは、自分の作品の、主に美点がうまく伝わるよう心を砕いた。作品でなにかを伝えることだけを考えていた自分にとって、作品に対峙していない人に資料だけでその内容を伝えることは、もどかしいけれどどこか新鮮な、心地のいい困難がともなった。自作を自分で評価して、自分でその興味深さを売り込むという行為は、ただ公募展に作品を応募して評価をしてもらおうとすることよりも、ずっと複雑に感じられた。第一次審査を自分で行なうことで、優れた作家であると同時に優れた評論家であることも求められている気がしていた。だから、若いスタッフが運営しているギャラリーの審査に通過して初めての展示を開催できたときが、強いていえば私の人生の中で一番、他者に作品を観てもらう努力を行ない、それを評価してもらえたという実感を伴なっていた。

それ以降から現在までの、この、ちょっと正気の沙汰じゃないほどの大騒ぎにも思える私の作品への過剰な評価については、正直なところ、今でもまだぴんと来ていないのかもしれない。自分の基準で考えたらまったくの分不相応な高い評価が与えられるにつれて、自然と好意的でない評も生まれていたし、私の作品や、私自身に対する疑問や申し立ても増えてきた。ときにはとても複雑で個人的な問いをぶつけられることがあり、私はそういったものに対してどう返していいのかとても悩んだ。美術作品を創作する作家はときとして、作り手であると同時に、ある程度の哲学者や思想家といった役割まで求められることがあった。

準備をしないまま、あらゆる祝福と厳しい問いを同時に投げかけられることに対して、私は平凡な学生なりに動揺した。私の作品はたしかにどれだけ作り続けても、ずっと、いつまでもなんとなく幼稚なままな部分があって、未熟だという指摘をうけやすい部分も多いという自覚があった。とはいえ、そもそも美術作品——に限らなくても、なにか表現物を作るのにどのくらい成熟していなければならないのか、私にはまだ、よくわかっていない。

だから私は絶えず、自分の作品が世界の多くの人、どこかの誰かにとってひどく傷つき、気に障るものになってしまってはいないか、という不安を持つようになった。ひとつのものを自分の外の世界に出すことで、半分の人に強い快を、残りの半分に強い不快をもたらすのだとしたら、それはほんとうに、世界に出されるべき作品なんだろうか。

ＰＣモニタのバックライトをつけると、スリープモードになっていた本体が微かな音を立てて目をさます。アイコンで散らかったデスクトップ画面には、直近で制作中の映像作品に関するフォルダが並んでいた。といったって、もう三カ月ぐらい制作はうまいこと進んでいない。ここ最近発表している、立体物に映像を投影するという一連の作品は、海外の人たちの中ではとても東洋的なものだと受けとめられているらしかった。でも、それを武器にすることは他方で批判につながることもある。

こういう制作のモードに頭を切り替えてしまうと、ついうっかり、おじいちゃんの人生について私の知り得た様々なことを、どうにかして自分の作品に関わらせることができないだろうか、なんて頭のどこかで考えてしまいそうになり、そんな自分がとても嫌になった。

二カ月くらいたって、抱えられるくらいのサイズの段ボール箱が家に届いた。受け取ったときに、ゆうべお母さんから荷物を送ったという内容のメッセージが届いていたことを思い出した。

ガムテープにカッターの刃を当てて押しこみ箱のふたを引き開けると、いつもお母さんから荷物が届くときに入っている決まったもの、たとえばタオルとか果物、缶詰といったもののほかに、香典返しの余りものらしき菓子箱と大きめの封筒が入っていた。中身はあのとき、おじいちゃんの家で見つかった写真と切り抜き、絵ハガキといったものたちだった。お葬式が終わったあとに、おじいちゃんの部屋を整理して出てきたそれらを持って帰りたいと申し出ていたことを、私はうっすらと忘れかけていた。お母さんも京子さんも、自分の親にどう関係あるかわからないもので、しかも読むことができない言葉で書かれているそれらについて、さほど大切なものと考えていないか、ひょっとしたら近くに置いておきたくない、見たくもないものとすら考えていたのかもしれない。私は、京子さんの言った「おじいちゃんはずっと日本人だよ」という言葉を思い出した。

おじいちゃんは遺書を残さないまま自死をしたから、念のためしばらくの間、身の回りの品を残しておいてくださいと警察に言われていたらしい。とはいえ遺書を書かない自死というのは、老いた人には珍しいことではなく、特におじいちゃんは、人生のうちで日記や記録を一行も書いてこなかった人だ。たいした取り調べをされることなく早々に許可が出たので、もうこっちでは処分するつもりだったから、と母親からのメッセージには記されていた。

　整理をしていたとき見かけていたもののほかに、おじいちゃんの人生の後半、つまり私たちの知っているおじいちゃんの写真もあった。最近のものはたいていデータからプリントアウトしたものだし、昔のものもネガがあるかどうか不明なまま適当に放り込まれたんだろう。すべて大切にとっておかれていたとも言いがたい状態で、画鋲の穴、セロハンテープの跡、ひどいものは、ほかの写真が重なっていなかった部分だけ四角く日やけ跡が残ったりもしている。

　ただ、それらの写真には、もっと明らかな特徴があった。すべての写真の裏に、そこに写っている人の名前が書き入れられていたことだった。いかにも筆不精だったおじいちゃんらしくたどたどしいカタカナのボールペン書きで、集合している写真であればひとりひとりの部分のちょうど裏側に、光に透かしたらその人のシルエットの中に名前が来る形で記入されている。その几帳面なやりかたと、文字のぶっきらぼうさにちぐはぐな印象を受けた。写真は自分以外の全員にそうしてあって、娘たちや妻であるおばあちゃんの部分にさえ、すべての写真には注意ぶかくそれぞれの名前が書きこまれていた。人生でほとんどメモなど手書きの文字を残さなかったというおじいちゃんの、こんなに細かく書かれた文字を、たぶん私は初めて見た。

郵便物の消印は掠れて不明瞭だったし、切り抜きのほうも傷んでいて折り目からぼろぼろと崩れてしまいそうだった。その雑誌だか新聞だかの記事をよく見ると、建物の写真と子どもの写真、そうしてどこかの風景を描いた絵を撮影したらしき写真が載っている。この子どもはおじいちゃんなのだろうか。時代的なことを考えたらつじつまが合わないこともないし、知り合い程度の関係である可能性だってあるだろう。

私はいまのところ、これらの資料をどのくらいの深さまで調べたり、読み解こうとしていいのか、わからなかった。いくらおじいちゃんのルーツが直接私につながると考えたところで、お母さんが無くしてしまいたいと考えていたかもしれないその物語について、それを無視して私が紐解《ひもと》くことがほんとうに許されるものなのだろうか。おじいちゃんは、私だけでなくすべての家族や友人に、ひとことの文章も、一本の線も書き残さず世を去った。そんなおじいちゃんすら忘れ去っていたこれらの資料を、私みたいな人間が泥棒みたいに掠め取るだけじゃなくて、暴き立てる道具みたいに使うなんて。

私は、おじいちゃん本人からも忘れ去られていたそれらの資料に、ちょっとした物質的な愛着をもってしまっただけなのかもしれない。単純にこれらの手ざわりに私が強く惹かれていたことは確かだった。この、おじいちゃんには読めたであろう、それでいて私にはまったく読むことができない暗号めいた紙きれたちは、私の人生の中で大切な宝物になりそうな予感を秘めてもいた。

でも同時に、おじいちゃんの死の原因は、この暗号のなぞ解きによっては解決しないだろうという気もしていた。おじいちゃんや私が生きたこの世界はそんなふうに、わかりやすく暗号に回収されては行かないんじゃないだろうか、という思いはあの日帰ってきてからずっとあった。

銀座、京橋から宝町近辺に日本人以外の観光客が急激に増えだした時期には、なにも百貨店やドラッグストア、家電量販店ばかりが混雑したわけではなくて、古くからあるちょっとした喫茶店だとか小さな画廊にも、外国の人がふらりと訪れることが多くなっていた。

梅《うめ》さんは、そんな時期にバイト先にやってきた人だった。日本語と、台湾の言葉と、多少の英語も話すことができる梅さんはとても働き者で、私の知り合いのうち、台湾に関係する人で思いあたるのは彼女だけだった。でも、いっしょに働いていたと言ったって、狭い店内でいっしょに働くフロアスタッフはせいぜい二、三人で、シフトが重なっていたことなんてほとんどないから、おしゃべりをした記憶もない。

梅さんというのは当時からみんなに呼ばれていた愛称で、本名に由来しているということだけはなんとなく聞いた覚えがあるけれど、彼女の正式な名前は知らなかった。梅という文字が姓と名のどちらかに入っているのか、梅という一文字の名前なのか、そもそも梅という字が梅さんの国でどういうふうに読まれるのかもわからなかった。私は、ギャラリーカフェで現在も働いている梅さんが、台湾から美術の勉強をするために日本に来ているという以上のことを知らない。

お店が閉まるちょっと前の時間を狙って、私は梅さんに会いに行った。梅さんは私を見て、

「あら」

と、小津安二郎の映画にでも出てきそうな女性みたいな驚きかたをした。

「あのう、覚えていますか」

私がたずねると、梅さんは目を一瞬縦に大きく見開いて、

「いやだ、あたりまえです。いま、立派になって活躍をされていることも、もちろん知っています」

と笑った。彼女はたしか私より七歳くらい年上だと聞いたことがあった。彼女自身が年相応な佇まいをしているのかどうかは、よくわからない。私が勝手に日本人でない人だから、とどこか先入観で見てしまっているからなのかもしれない。見た目が若いか年をとっているかのどちらかと言われれば、強いて言うなら、見た目はいくらか若い印象をうけ、そのぶんだけいまより若干昔の人に見える。元気で意欲があって、

きっと二十年前になら日本にもたくさんいた、十八歳くらいの若者はこういう雰囲気を持っていたんじゃないだろうか、と感じさせる女性だった。

たいして仲よくもない私が、仕事が終わる時間にふらりとやってきて故郷の話をききたいなんて妙なことを頼んだら、梅さんに警戒されてしまうんじゃないだろうか、なんならちょっと気持ち悪いと思われてしまうのでは、と考えていたのは思いこみだった。私のおじいちゃんが台湾で生まれ育ったらしいということを話すと梅さんは、かえってこっちが申し訳なく感じてしまうほど喜んでくれた。私のおじいちゃんがこの事実を私に告げないまま世界を去ったのに、梅さんはその不確かな事実らしきことについて、こんなにも喜んでくれていることが、どこか心苦しかった。

私たちは有楽町駅へ向かう途中にあるドトールの二階にあがって、梅さんはそこで、知識のとぼしい私に台湾のいろんな話をきかせてくれた。

私は梅さんに、おじいちゃんの部屋から見つかったもののうち、いくつか持ってきたものをテーブルに並べて見せた。梅さんは目を凝らしながら、

「住所なら、これは古い書きかたですけど、だいたいはわかります。たぶんグーグル

地図でもわかると思います。でも、昔の住所は現在のものとはすこしちがいますから、あまり昔のものだと、細かい地名が変わっているかも。字も、万年筆か、筆、で書いている部分は……すこし読みづらいですけど、でも、わかります。私の生まれたところと、そんなに離れていないです。都市ではなくて、山のほうです」

　と言って、指先でテーブルの、空いたところにちょっと歪んだ楕円を描いた。それから上下に尖って引き伸ばされたその形の中の一点を指し示す。これは、台湾の形と、その中でおじいちゃんと梅さんがかつて暮らしていたあたりを表している。私はそうして説明されるまで、台湾という島の形さえまともに認識していなかった。

「この新聞記事はしばらく前のものです。ただ、そんなに古くない。戦争が終わる前であれば、新聞の記事も日本語でしょうから。だからこの文章は、戦争が終わった、もっとずっとあとのものだと思います」

　梅さんはまた、今度は両手の人差し指、二本の指先を肩幅くらいの広さでテーブルに置き、その広さを縮めていきながら時間の経過を表現した。

「百年近く、つまり戦争よりずっと前のことを調べたという、二、三十年くらい前の記事、という意味です」

　ということは、記事自体は私が生まれたころ、おじいちゃんがもうとっくにあの町に来ていて、あの家で暮らしているときのものだ。だとしたら、この切り抜きはどこかからあの家に送られてきたものなんだろう。

　梅さんは、しばらくテーブルの上のその紙片に顔を近づけ、遠ざけ、たまに、

「あー……はい」

と、小さい声を漏らしながら黙読し、顔を上げて、

「私、このニュース、知っています」

と言った。

「台湾が日本だった時代、帝展の人たちが台湾で美術の展覧会をしましたね。その研究の記事です。私も学んでいたことがあります」

　梅さんの説明はとてもていねいだった。

「台湾に日本人が移住していたのは、太平洋戦争が終わる五十年くらい前からです。一部のいくつかの大切な仕事をしていた日本人以外は戦争が終わってからすぐ日本に

帰っていますので、たぶんあなたのおじいさんは、とても小さいころに日本に――」

日本人がタカサゴと呼んでいたのは、台湾の人たちの中でもかなり昔から暮らしていた人たちのことだった。いまの日本ではたぶん、山岳民族とか少数民族とか、先住民族と呼ばれる人たち。梅さんのような、後になって中国から台湾に渡って来た人とは厳密にいうとかなりちがった文化を持つ人たちなのだという。梅さんが、

「彼ら原住民たち」

と言ったときに、日本でなかなか使われないそのちょっとはっきりしすぎる言葉に、ひょっとしたら私は、あまり触れてはいけない文化に触れてしまったのだろうかと、はらはらしてしまった。でも、聞いているとどうやら原住民という言葉は、台湾では日本で使われているよりもていねいで正式な呼び名となっているのらしかった。

かつて先住あるいは山岳民族と呼ばれていたのが、あらゆる文化的、社会的な様々な議論を経て、結局それらの人々のことを、元から住んでいたことへの敬意をもって〝原住民〟という言葉で呼ぶことになった。歴史や文化についてなにも知らない私にとっては、原住民よりもタカサゴという言葉のほうが誠実な響きに聞こえてしまうけ

れど、それは私が、その言葉が使われていた時代のことをきちんと知らないからそう思ってしまうのだろう。言葉は、知らないとその暴力性にうまく気づけない。

梅さんは私に対して話しかけるとき、ひとつなにかを話すごとに、

「知りたいですか」

とたずねてから話し出す性質みたいなものがあるようだった。たぶん実際に確認したいわけではなく、無意識の口癖なのかもしれない。私はそのたび律儀にうなずいていたけれど、そうたずねられてみると、私が本当にそのことを知りたいのか、私自身にもはっきりとわからなかった。そもそも知りたいかと話す前にたずねられて、それが本当に知りたいことなのかの判断は、その話を聞いてからでないとわからない気もする。

「私は日本にやってきた最初のとき、犬山というところに住んでいたんです」

日本に来る前、その地名を聞いた彼女はすごくたくさん犬がいる山なんだろうと思っていたら、野良犬なんか全然いないし、なんならそんなに山でもなかったことに拍子抜けしたらしい。私も、犬山なんていう場所が日本にあることを梅さんに聞くまで知らなかった。たぶん私だって、その地名を聞けば犬のたくさんいる山だと勘ちがい

する。犬山という場所はどうやら名古屋の近くにあるらしい。そのため梅さんは接客のときにとてもていねいな日本語の敬語を使うけれど、長く話してみると、たまにほんのちょっとだけ変わった日本語をしゃべる。それが台湾の発音に引っ張られているせいなのか、それとも日本で最初に暮らした地域特有の言葉のせいなのか、それともそのどちらも混ざったものなのかはわからない。

日本国内のことでさえあまり詳しい知識を持っていない私は、台湾がどんな場所なのか、どんな文化があってどんな人たちが住んでいるのか、ほとんど知らなかった。梅さんの話によると、今でもとてもたくさんの種類の人が来て暮らしている場所らしい。きっと海を渡る人たちが寄りやすい環境の島なんだろう。かつてのヨーロッパからの移民はヨーロッパ式の城郭を作り、中国からの移民は中国式の寺院を作り、日本からの移民は日本式の家屋を作った。そこに南国の植物が生える。暮らしている人の中で原住民と呼ばれる人たちは、ニューギニアとかポリネシアとか、そういう海を渡って移住することが得意な人たちの子孫だったと言われている。

彼らは山の中に入り、狩りをして暮らしていた。そうして現在も台湾の山の中のほうに暮らしていることが多かった。彼らの生活圏は山でそれぞれ遮られ、ほとんど交流することなく独自の文化を育てていた。言葉さえも通じない中、理解しあえない同士の民族はしばしば戦いあっていた。それはどこか日本の戦国時代に似ていたのかもしれない。

いま台湾にいる中国系の民族は、梅さんたちの先祖のように、日本が来る前にいた清朝系の人たち、たとえば福建省だとか広東省から来た人たちのほかに、戦争が終わった後、中国から来た人たちもたくさんいる。

彼女は、私に嘘を伝えてはいけないという慎重さと、私にもわかるようにシンプルな言いかたでわかりやすく簡単に伝えたいという誠実さを同時に持って話してくれているみたいだった。

太平洋戦争が終わって台湾にいた日本人たちが、台湾の気候だったり、それによって豊かに実る作物だったりが、実は戦中の日本列島都市部に比べたらいくぶん恵まれていたということに気づくのは、帰ってきた後だった。引揚者の持ち出せる資産には制限がかけられていた。額でいうと当座の生活費になるくらいのもので、焼野原で一から自分の住宅を建てて生活の基盤を立て直すにはとても足りないものだった。

　当時のおじいちゃんみたいに台湾で生まれた子どもの立場から考えたら、日本の生活のほうがずっと厳しいものだったんじゃないだろうか。おじいちゃんの両親はともかく、子ども時代のおじいちゃんにとっては〝日本に帰る〟という表現だって正しいものだとも思えない。幼いおじいちゃんのいた所は、台湾の、しかも山のほうだった。私は、そのときのおじいちゃんの心細さについてなんとなく考えていた。

　別れ際、梅さんへのお礼のつもりで持ってきたお菓子の箱を差し出すと、梅さんはとてもびっくりして、

「こんなことしていただけるような役に立つ話はしていません、でも、ほんとうにうれしい。ありがとうございます」

　とお礼を言われた。私は、

「いえ、これは実家から送られてきたものをそのまま持ってきただけなので。なんだか逆に、すみません」

　と正直に伝えた。その、焼き菓子かおせんべいかもよくわからないものの入っている箱は、おじいちゃんの香典返し用に用意されたらしきものの残りだった。

「また、私のほうでも調べてみて、なにかわかったらご連絡しますね」

「あ、でも、これだけお話を聞けたから充分です。本当にありがとうございます」

私がそう言うと、微かに梅さんが落胆したような表情を見せた気がしたので、

「調べていただくというよりは、また、忙しくないときなんかにでも、こうやって梅さんの故郷のお話を聞かせてください」

と私はあわてて付け加える。彼女は笑って、

「はい、こういう時間は楽しいので、生活の気晴らしにもなります。またぜひ一緒にお話ししたいです」

と話した。彼女は、日本で美術の勉強をして学芸員の資格をとったら、日本か台湾のどちらかで美術館やギャラリーの運営にかかわる仕事をしたいのだという。

そんな話をしながらふたりでＪＲの駅まで歩き、地下鉄に乗る私は梅さんと別れた。

話をしている間、私は梅さんの持つ独特な印象の良さについて考えていた。明瞭な言葉づかいやわかりやすい説明は、その話し言葉を大人になってから自分の力で手に入れた人の持つ特徴なのかもしれない。初めて長くしゃべったからまだそれほど詳しくはわからな

いけれど、大げさで芝居がかっても見える喜びの表情だったり、明快さだったりに感じられるものは、性格や心根からくるものというよりも、知性に由来するものに思えた。

それであっても、彼女の持つそんな気質が、私のおじいちゃんとか、ひいては私のほうにちょっとでも関係しているなら、それは嬉しいことだなと思えるくらいには、私は彼女に好感を持っていた。


私にとって初めての海外展示は、東欧の国際芸術祭だった。このときの展示作品は床に転がる紙くずや石に人物の顔を投影するもので、私がいまでもなお取り組んでいる一連の〝顔〟をテーマにしたシリーズ最初期のものだった。ほとんどがプロジェクターの映像で成立する。投影させるためのオブジェクトもそれほど大きなものじゃなかったから、動画データの送信や設営についての打ち合わせといった展示の準備は会期直前までオンラインでのやりとりだけで行なっていた。

展示までのあらゆることにいまひとつ実感が持てていなかった中で、会期が始まって現地の展示会場に足を踏み入れてみて、こんなにも大規模な国際芸術祭だったということを知った。あまりに急で驚いたり恐れたりする時間さえなかったことが、かえってよかったのかもしれない。こんな大都市に建つ国立の巨大な展示施設やレセプションの華々しさに自分の作品がふさわしくないんじゃないかとか、自分の拙さが恥ずかしいとか思う隙もなかった。私以外の作家がそれぞれの国を代表するほどのそうそうたる人たちだったことも、ずっと後になってからわかったことだった。あんなふうにどさくさの中で行なわれなかったら、私は自分の作品がこんなところに置かれるべきではないという気持ちばっかりをどんどん大きくしてしまっていただろうし、大学内での評価をすっ飛ばして、こんな私の作品をいったいこの眩しい中にいる人たちの誰が評価したのか、こんな光の強いところに私を引きずり出したのかという、ひねくれた疑いや憎しみを生んでしまっていたかもしれない。

　オープニングレセプション会場は、ガラス張りの国際展示場ではなく、その国の迎賓館だった。その古めかしい宮殿の中には小規模なホールがあって、中には祝ってもらいたかった友人や家族、見返したかった先生や学生たちの存在はなく、ただただ居心地の悪い困惑ばっかりがあった。私はこういう場所に出るための華やかなドレスも、集まる笑顔の人たちに話して聞かせるような晴れがましい言葉も持ち合わせていなかった。

もともと、ありとあらゆる適切な言葉を持ちあぐねて作品に向き合い続けたようなところがあって、そんな種類の人間は私以外にだってたくさんいる。その人たちがみんなこういった場所を目指しているということについて、まだあまりぴんときていないまま、いまでもまだずっと困り続けていた。屋根裏で描き続けるか、眩しい場所を目指すか、ふたつの選択肢を前にしたためらいだった。


梅さんから、台湾にいっしょに行ってみませんかというメールが来たのがあまりにも突然だったので、私は〝なぜ〟とか〝どうして〟とかよりも先に、部屋のどこにパスポートをしまっただろうかと考え出してしまった。ひょっとしたら、三カ月くらい前の芸術祭のときに持って行ったキャリーバッグのサイドポケットに入れっぱなしにしたままだったかもしれない。

梅さんからのメールの本文には、私のお父さんが病気で亡くなったのでお葬式の準備をするために台湾に行きます。と書かれていて、そのあとに梅さんが予定している

日程、飛行機の出発便の情報だとかが添付されていた。そうして最後に、
〈強いるつもりはまったくないですが、もしよろしければぜひいらっしゃってください。私の父は画家でした〉
　と結ばれていた。
　まず驚いたのは、台湾でのお葬式というものは本人がこの世を去ってから一週間以上、あるいはもっと後になって行なわれるということだった。そうして、もうひとつ強く印象に残ったのは、梅さんのメールの最後、唐突に付け足されていた、梅さんの父親が画家をしていたという情報だった。私はひとまず、
〈私のような、まったくお父様とは面識のない人間が参加しても許されるものなんでしょうか〉
　と短く返信してから、キャリーバッグを探り、玄関先の書類差しを探り、机の引き出しを探った。パスポートは引き出しの中の書類ケースに入っていた。そういえばキャリーバッグは海外に行った後におじいちゃんのお葬式のときに持って行っていたんだった。私はパスポートを開いて、残っている有効期限を確認する。入国スタンプは

どれもここ数年で行なわれた国際美術展の作品展示のために訪問した国のものだった。五年以上前の自分の顔写真がついたこの冊子は、現状、学生でも勤め人でもなく、運転免許もない私にとって、唯一の写真付きの証明書ということになっている。五年もたてば、髪形や化粧のしかただけでなく、顔つきだってかなり変わっている。それでもやっぱり顔写真というものは、証明書の中の、あるべきという場所に収まっていた。パスポートだけでなく、世の中のあらゆる証明書、免許証だとか学生証といったものには顔写真がついているのだった。どんなに特徴のない平凡な顔をしている人でも、顔以外の部分が特徴的な人であっても、ひとまずみんな顔の部分の写真を掲載する。

　人間の顔というものの情報量は、たぶんものすごく特殊なものだ。そうしてそれは、おそらく世界共通のものでもある。全身写真はない。たぶん、めったに。

　こんな証明書のない時代、たとえば台湾の人たちなんかはどうだったのだろう。服装や髪型だったり、入れ墨だったり、家族や一族同士のつながりだったり、お互いを記憶しあう能力といったりしたもので把握されていたんだろうか。

パスポートの確認を終えて、オンラインで飛行機の便を確認していると梅さんから返信が届く。

〈台湾のお葬式というのはまったくの通りすがりという人がたくさん参加するためにやるものです。とくに田舎では、たくさんのあらゆる知らない人たちを巻き込んで行なわれます。ぜひ、いらしてください〉

私は自分の予定の確認もろくにしないまま、

〈行きます、行きたいです〉

と返事をしてしまった。そもそも、大学を辞めたいま、調整しなければいけないスケジュールなんていうものはほとんどなかった。

梅さんのほうは、ほんのすこし特殊なルートを辿って故郷に帰るらしかった。まず愛知県にある国際空港から台中の空港に向かって出発する。あまり大きい空港ではないためか、関東からその空港への直行便はほとんどないみたいだった。そこから南投県という場所に向かって鉄道とバスを使う。

私は、梅さんの人生に影響を与えたらしい梅さんのお父さん、絵描きをしていたというその人のことに、とても強い興味を持った。私のおじいちゃんの足跡を見つけ、気になって追っているうちに、会ったことの無い梅さんのお父さんの足跡に気づき、気になってしまったのだと思う。

私は、梅さんのお父さんのお葬式に参加するために、台湾に行くことにした。梅さんは私より数日前に自分の故郷に帰って、式の準備をするらしい。私は日程をずらして、東京の羽田空港から台北の松山空港に向かう便を使い台北に宿泊してから、梅さんの故郷で落ちあうことにした。台北で一泊か二泊かして、それから電車とバスで梅さんの故郷に向かう予定を立てる。その交通や宿泊のほとんどが、いまはオンラインの予約手続が可能で、家の中ですべて済ますことができた。

ここのところ、どこに行くにも持っているのは大小のスケッチブックとペンや鉛筆、コンテといった、聞いたり、思いついたその場ですぐに字や図を書きとめることができる筆記具類だった。たとえ忙しくていっさいのことを書き残すことがかなわなくても、それらは必要だった。いつからこんなふうに持ち歩くようになったんだろうかと考えても、はっきりとおぼえていない。子どものころだって、特別絵が好きだったわけじゃなかったし、これらはいつの間にか自然にかばんの中から湧いて出てきたみたいにして、私の手元にあらわれてきた。ページが足りなくなり、ペンが掠れれば、つど買い足される。でも、最初の一冊がどうやって私の手元にあらわれたか、どうやっても思い出せなかった。

　ページをめくると、この前に実家に帰っていたときの走り書きが残っていた。母と京子さん、まあちゃん、それらの横顔がスケッチされていた。あの日、中村結と話したことや、先日ドトールで梅さんに聞いた話についてのメモもある。私はその次のページに、おじいちゃんが残した記事の切り抜きを破れないよう注意深く貼り留めた。

　この記事の内容は、戦争の前に日本が台湾で開いた美術展の研究についてのことだと梅さんは言っていた。

　日本は当時、学校や博物館といった文化施設を、朝鮮半島や満州、台湾に盛んに作っていたらしい。学校ではもちろん日本の言葉や文化を教えていたし、美術では、当時は日本のえらい人たちに認められていた、明治以降の西洋画の技術と中国の南画に由来する技術を教えていた。私は、それより以前に台湾にはどういう美術があったのか、わからなかった。おそらく中国から渡ってきた人たちからは南画が、ヨーロッパから来た人たちからは西洋画が、太平洋諸島の人たちからは文様だったり工芸的な芸術が持ち込まれて、ある程度は混ざり、ある程度は分離したままで変形しながら残っていったんだろう。当時の日本の指導者は、それらとどう向きあっていたんだろう。

出国の審査時だけじゃなくて、チェックインカウンターや搭乗口、あらゆる場所で、提出させられた私のパスポートにある写真ページは開かれ、あらゆる人々によって見られた。私は五年以上前に撮影した写真の、いまの自分とはあまり似ていないと私自身が思う顔によって、繰り返しなんども確認された。

松山空港は桃園より古く、規模も小さい空港のようだったけれど、日本では羽田空港からの直行便があった。飛行機を降りてボーディングブリッジを歩くあいだ、ぶわっとした空気の湿めっぽさがにおいといっしょになって私の体を外側から、鼻の中に流れ込んで内側から、包んできた。知っているもので例えるなら、花とか、植物とか、果物とか、香辛料といったものに似ている。食べられるものとそうでないものが混じったにおいだった。時間はもうすでに夕暮れどきを過ぎていたのにもかかわらず、日本の昼間よりもいくぶん明るく感じる。私の視界に広がる景色の手前にある膜が一枚はがれて、はっきりした色に感じられた。空港に着いてすぐＳＩＭカードの交換を済ませ、ＭＲＴを使って台北駅に電車で向かう。看板はほとんどが漢字と英語の併記で、日本語の表記もあちこちにあった。

台北駅はとても広かった。主要な部分部分は古いままで、周辺のあちこちは新しい。だからこそいくつもの時代の駅がつぎはぎに重なった造りをしている印象で、中心にそれらを貫く吹き抜けがあり、本来の広さよりも重層的な広大さを感じさせた。古い部分には雰囲気があって、継ぎ足された新しい区画のほうは清潔だった。駅から地下鉄を乗り換えてホテルに向かう。車両は日本の地下鉄より気持ちゆったりしていて、椅子が固く、車体は平たかった。ときどき大きめに揺れ、音は日本の地下鉄より静かに感じた。

オンラインで予約していたホテルは、地下鉄駅の出口階段から道なりに行った大通り沿いに建っていた。いかにもホテル、といったような古めかしい車寄せのエントランスやロビーラウンジはない。木々が印刷された真新しい壁紙が貼られ、人工芝が敷き詰められているポップなフロントには、ホテルのロゴが入ったポロシャツを着たにこやかな女性が立っている。もう何度目かになるパスポート確認を済ませ、ロゴ入りのカードキーを受け取ってエレベーターに乗った。

入口の雰囲気に対して、部屋の中は特別にポップなつくりではなかった。小ぶりなベッドが置かれているだけの室内には、絵のひとつも飾られていない。ただシーツはぱりっとノリがきいているし、狭いけれど清潔で、嫌なにおいもしなかった。こんなこぢんまりしたところでも、自分専用の区画と決められた場所に安心して腰掛けられることで、とても気持ちを落ち着かせることができた。ルームキーのカードを挟んでいる紙の裏側に、手書きでＷｉ‐Ｆｉのパスワードがメモされている。フロントの人が書いているだろうそのメモには、日本人がなかなか書かないタイプの、癖が強い〝4〟と、縦の線の部分にちょんと印のついた〝7〟が含まれている。スマートフォンにそのパスワードを入力し、ついでに梅さんからこちらでの連絡用だと教えてもらっていたアドレスに、

〈無事に台北についたので、予定どおり明後日の昼間には台中に向かいます〉

と、メールを打った。ベッドに腰掛けたまま、膝の前に立てたキャリーバッグのファスナーを開け、手さぐりで着替えのシャツと、スケッチブック、サインペンを出し

てベッドの上に並べてみてから、部屋を出た。

場所がいいのか、それともこの国でホテルのたくさんある場所に決まってそういうお店がたくさんできているものなのか、エントランスを出てすぐのところに、日本で見るようなファーストフードチェーンやコンビニエンスストアが数軒あった。日本の都市部でも、これほど狭い範囲内に似たお店が集中している場所なんてあんまりないんじゃないだろうかと思う。曲がり角の歩道や街路樹ごと、ぽつぽつとテイクアウトの屋台が出ていた。それぞれからは、世界中の誰にとってもおいしそうないいにおい……と言いきってしまっていいのかは若干疑わしい、甘い調味料が何種類か混ざった脂っぽい空気が漂っている。

なにを食べたらいいだろう。そう考えて、私は改めてこの国の名物料理や、評判がいいレストランといったものをろくに調べてきていなかったことに気がついた。

せっかくだからと、目についた地元のチェーン店っぽいコーヒーショップに入って、そのあとすぐに後悔した。まず看板のライトアップに比べて、店の中がとても暗かった。日本の飲食店でこれほどまで暗い場合、たいてい店が閉まっているか、閉める作業をしている途中の状態だった。店内を見渡してみても人の気配はなかったので、そうっと店を出ようとしたら奥から女の人が面倒くさそうに出てきて、早口で、たぶんこのチェーン店の決められた接客用の言葉、ようこそ、なになさいますか、おすすめはこのセットです、というかんじの、この国の言葉でひとつづきのフレーズを唱えてきた。ためらっていると、たぶん同じ内容の英語バージョンを再び早口で唱え直してくる。早口でなまりもひどく、どうやら英語らしいということがうっすらとわかるくらいで、内容はやっぱりぜんぜんわからなかった。カウンターの中の感じからすると、長いパンに、サラダやジャム、クリームなど、選んだ好きなものを挟んでもらうことができるらしい。でも、こんな状況では複雑な注文はできそうになく、レジの横に積んであった、個別包装をされたサンドイッチをひとつ買って出てきてしまった。それから日本にはない看板のコンビニエンスストアで、ペットボトルのお茶と見慣れたパッケージのチョコレート菓子を買ってホテルに帰る。ベッドに腰を掛け、壁にかかったモニタを付けて、テレビを見ながら買ってきたものを食べた。お茶が甘かったことに驚き、サンドイッチに挟まっていたマヨネーズソースも口の中がぺたぺたになるくらい甘かったことにも驚いた。それでも、言葉もお金もちがう国のお店で食べものを購入できたという満足感みたいなものがあったせいか、私はそのパンとチョコをちゃんと全部食べきった。テレビでは歌番組が流れていた。日本ではここのところテレビもろくに見ていなかった。虹色のスポットライトとセットが組まれた歌のステージは、考えてみるとほんのちょっと古臭く感じたけれど、これが最新の番組なのか、それともかつて人気があった歌番組の再放送なのか、私には判断がつかなかった。手元のリモコンを適当にいじってチャンネルを変えていくと、ニュース番組やＣＭと次々に切り替わる。いったいなんのＣＭなのか、何を報道しているのかわからない映像を見ていたら、不意に全身の内側から疲れがどろりと染み出てきて意識が遠くなった。

　カーテンがひかれた小さい窓から、薄く、だけど温度のある日光が入っていることに気がついて、着替えもしないまま昼前まで眠り続けてしまったのだとわかった。昨日、私自身はたいした運動もしていなかったのに、止まったままでも早い速度で移動していたから、やっぱり体はそのぶん疲れてしまっていたんだろう。バスルームに入って、持て余すくらい部品が大きくどこをひねったらお湯が出るのかもわからないまま、なんとかシャワーを軽く浴びる。着替えて部屋に戻ると、ベッドにスケッチの道具を広げっ放しで寝ていたことに気がついた。それらのいくつかをリュックに入れて、部屋を出た。

日本の景色とちがったところは、細部を見ればいくらでもあった。看板や街並みの文字だとか色づかい、歩道の段差の幅、歩いている人たちのリズム。なによりもちがったのは、建物のすき間や街路の脇のあちこちから生えている植物だった。背の低い藪から大きな木まで、ほとんどの植物が日本のものと明らかにちがった姿をしている。ごつごつした幹や根、葉っぱ、二、三本が捻じれながらうねって伸びる枝ぶり、地面に落ちている大きな豆の鞘、どれも日本で似た種類のものを見たことがなかった。新しい建物や歴史のある通りの植えこみ、ちょっとした民家の前庭、あらゆる場所にそういった、このあたり特有のものらしき植物が生い繁っている。

建物や道や自動車、人、鉄道や駅のホームとかいった街のつくりは私の暮らしている場所とほとんど同じで、そのすき間を埋める植物だけがまったくちがっていることで、全部がすっかり別世界な場合よりも、よけいに強い違和感を感じる。こんな熱帯の植物をジャングルや温室で見るのでなく、オフィス街の遊歩道や学校の校庭で見ることで、この国が、沖縄よりもずっと南にある島だということを思い知る。私の腰あたりまである、日本のものよりはるかに大きな草むらをじっと眺めていると、その中になにか、聞いたこともない生きものが息をひそめているという幻まで見えてきそうだった。

ひさしのついた歩道の一角に、アウトドアで使うような組み立て式のプラスチックテーブルが置かれていた。派手な花柄のテーブルクロスが掛けられたその上に、祭壇めいたものが組み上げられている。テーブルの足元には猫がいて、片一方の後ろ足を真上にぴんと伸ばし、お腹の毛を入念に舐めて手入れしていた。祭壇には線香と花のほかに、お供えものだろうか、あらゆるものが置いてあった。日本で仏壇に供えられる落雁や饅頭、果物といったものじゃない。たとえばお菓子なら小袋に入ったグミだとか、アルミの包装紙にくるまれた粒チョコレートだとか、エビのキャラクターがプリントされた筒形の箱に入ったスナック菓子なんかが置かれている。なんというか、つまりこのあたりの子どもが普段食べているものと同じものがお供えされていた。お菓子だけじゃなかった。缶ジュースやレトルト食品、ボトルに入ったウェットティッシュ、トイレットペーパー、石鹸といった、ずいぶんと生活臭いものが積み上げられていた。さらにそれらの日用品は、もともとそういうデザインなのか、それともこういうお供え用の特別なものなのか、赤かったり花柄だったり金色の文字が刷られていたりしていて、そのぶん多少にぎやかには見えた。その、ちょっとやぼったい幸せな感じが何かに似ている。なんだったっけ、としばらく考えて思い出した。日本のショッピングモールのゲームセンターで見かける、お菓子の業務用パックが積み上げられて、ぴかぴか照らされているクレーンゲームだった。大当たりの景品というにはあまりにも日常的な品物ばかりが並ぶゲーム機は、なんというか、昔の福引きなんかで炊飯器や魔法瓶が景品になっていた時代を思い出させた。

前に立って祭壇を眺めていると、

「いやあ、たくさんありますね、ここまであると壮観だな」

と聞こえた。あまりにも自然だったから聞き流しそうになり、驚いてつい振り向き、その言葉の主をじっと見入ってしまうほどなめらかな日本語だった。ほんの短い言葉だったけど感情が言葉にしっかりと乗っかっていて、ふだんから使っているらしい澱《よど》みのなさが感じられた。声のしたほうを見ると、私と同じようにテーブルのほうを向いて立っている、ひとりの背の高い痩せた男性がいた。若干猫背で姿勢は悪いものの、すっきり短く揃えられた髪の下の顔立ちはおだやかで、きちんとした印象を受けた。ただ服装はこの都市の同じくらいの世代の人とはかなりちがったものに見える。コットンの開襟シャツにもベージュのズボンにも、見てわかるほころびがいくつもあった。そのために彼の掛けているロイドタイプの眼鏡も、おしゃれというよりなんだか仮装じみていて、ちょっと変わった趣味を持った人だろうと思えた。さらに丁寧な日本語を発する口元から、いまどきではちょっと珍しいほど悪い歯並びがのぞいていた。

「これは、お供えものですよね」

と私がたずねると、

「はい、そうです。毎年この時期のものです」

と、彼はいったん、うーんと悩んで、

「旅のひとですよね、どう説明したらわかるかなあ、好兄弟《ハオションディ》っていうんですけど」

とたずね返してきた。私はぴんとこなかったので首を振り、さらにたずねる。

「ご先祖かなにかですか」

「まあ、ご先祖といえばご先祖ですけど、好兄弟というのはお供えする側の人と血のつながりがないんです。この家のご先祖用の祭壇は、この家の奥に作られています。ここにお供えされているのは、家のご先祖ではない人たち、家に入ることができない、家族に看取られずわからないまま死んでしまった人たちのため、ええと、正式な言いかたでは……」

「無縁仏？」

と私はきいてみたけれど、今度は彼のほうがその日本語にあまりぴんとこなかったみたいで、ふたたびうーんと黙ってから、

「台湾は昔からいろんな人が来て住んでいますから、産んだり、育ててくれたりした人のほかにも、まわりまわって世界の中でお世話になっていると考える人は多いです。あらゆる場所に縁があるというか。ですから、自分とは直接に関係ない人に対しても、この時期におもてなしをするんです。この国にフランスが攻めてきたとき台湾で死んだフランスの兵隊さんにも、ワインとかチーズをお供えしたりします」

と、やっぱりよどみのない日本語で説明をしてくれた。

「当時は敵だったのに？」とたずねると、

「敵もなにも、ここで死んだ人ですから。フランスから遠く連れられてきて、こんな遠くの島で死ぬなんて、怪我でも病気でも、きっとすごく大変だったと思います」

と、彼は神妙な言葉づかいで答えた。私はまた、たずねる。

「人って死んだところから動けないものなんですかね、兵隊さんなら、祖国に親族もいるのでは」

「まあ、そうでしょうね。ただ、さすがにここからフランスは遠いですから」

「死んでも、そういうものなんですかね」

「死んだあとのほうが、かえってその場所に縛られるんだと思います」

彼はそう言った。私は彼とふたりで、しばらくの間好兄弟用のお供えものを眺めていた。

このお供えものの文化は〝普渡〟というのだそうだ。旧暦の七月は、台湾で中元普渡の月と呼ばれているらしい。普渡のテーブルは街角のところどころにあって、供えられているものはほとんどが食品や生活用品だった。この派手な色をしたパッケージの日用品は、普渡の時期にお店に並ぶ特別パッケージだった。中身はいつも売られているものと同じなので普通に使うこともでき、こういったお供えに使えるようにと派手なものになっている。花や果物、お菓子はともかく、日用品でテーブルが埋め尽くされるのはさほど華やかにならないだろうから、そういった工夫が必要なのかもしれない。私はその、むだに金や赤のイラストが印刷されたお菓子と、その両脇に飾られた派手な人工色の造花を眺めながら思う。

花というものは、植物を擬人化したときに顔として見立てられることがほとんどだけれど、実際に構造として考えると植物の性器にあたる。そう理解したのは、たしか静物デッサン課題のときだった。人はそれを、簡単に人の顔に例えて眺めて顔を寄せ、楽しんできた。人が絵を描いたり見たりするとき、そういう便宜上の擬人化をすることは、とてもありふれた行為だった。花だけでなく、石膏や金属の塊が人の顔の形をしているとき、絵の具の塊がカンバスの上で人の顔の形をあらわしているとき、それらすべては、人どうしの約束ごとによって、人間の顔として扱われる。木の文様やカベの染みが三個あれば、人はそれを顔として見てしまうのと同じで。

「日本のかたですか」

私が話を変えて彼にたずねたことは、会話の最初から感じていたことだった。梅さんと初めて会って話したときとはちがって、彼は、日本語がうまいというのではなく、日本語を使って最初から考えて話し、ふるまい、生きている人に見えた。だから、ひょっとしたら彼は私みたいな旅行者か、日本から働きに来ている人なのかもしれないと思った。その質問に彼はちょっと困ったようすで、いやあ、そうとも言えるような、ちがうような、とごにょごにょ言いよどんでから、

「そういうふうに教わっていたので。あなたはどこに住んでいるんですか？」

と逆にたずねかえしてきた。

「私は東京に住んでいます。旅で来て、昨日ここにつきました。明日には台中からもっと山のほうに友だちがいて、そこに行くんですけど」

と答える。

「このあたりの、どこか見に行きましたか、観光とか」

「友だちの用事で急に来たので、まったく下調べをして来ていなかったんです。……そうだ、どこかおすすめの場所はありますか」

「あー……」

その一文字の伸ばしかたがなんだかとても梅さんぽい、ちょっとのんびりした感じがして、やっぱり彼はこの国で暮らす人なのだと思えた。

「ここからすぐのところにある博物館がいいと思います。森林公園の中にあるんですけど、途中に寺院や市場の中を抜ける道があって、僕がいつも散歩に使う遊歩道で、歩くだけでもなかなか楽しいんです」

と彼は言う。

「あ、そうしたら、途中まででもいいので連れて行っていただけませんか」

と言った後、彼がちょっとびっくりした表情をしていることに気がついて、私はちょっと図々しいことを言ってしまったかもしれないと思いなおして、

「……なにか別のご用事がなければ」

と小声で付け足した。

「いいえ、いいえ、かえって、とっても嬉しいです。このところあんまり人と話すこともなくって」

彼はそう答え、

「歴史が専門ではないのでそこまで詳しいわけではないですけれども、僕は文化や社会の研究者です。だから、簡単な解説ぐらいならできます。もちろん、ガイド料などはいりませんし、嫌なら途中からいなくなりますので」

と言う。その〝途中からいなくなる〟という控えめと投げやりの中間みたいな表現がどういうわけかとてもおかしくなってしまって、私はすっかり彼を信頼してしまった。

「ぜひ、ぜひお願いします」

と私は答えた。どうせ今日一日はこうしてひとりでホテル付近をうろうろするだけのつもりでいたし、地元の詳しい人がいるということはとてもありがたいことだった。散歩がてらにこのあたりを案内してもらうのに、この、荷物も持たず手ぶらで散歩をし、スマートフォンすら取り出すそぶりを見せない、なのに日本語のとても巧い青年は、馬鹿にするつもりはないけれども、さほど大きな危険のない、うってつけの人に思えた。

ただ、そのあとすぐ彼は私に背を向けて、

「僕はいつも細い道を通るんですよ」

と、なんのためらいもなく裏道に入っていったことで、急に不安になりちょっと後悔さえした。たしかに私は旅先で知らない街を歩くとき、にぎやかな表通りばかりを通っていたし、今日もそういうふうに歩いていた。それは自分が知らない街で迷うことのないようにわかりやすい目じるしを辿っているだけでもある。知らない街の中をひとりで歩くときは、もしそれが若干遠回りに見えたとしても、つい太い表通りばかりを選んで通ってしまう。でも実際には看板の裏側みたいな、子どもがしゃがんで遊んでいるような、細い路地のほうが好きだった。だから、詳しい人が一緒にいるのなら、そういう裏道を通ることというのは、楽しいできごとだと考えた。

とは言ったって、彼の選ぶ道は、思っていたよりもずっと細くて暗くて、湿っぽかった。エアコンの室外機のそばだとか細い階段をのぼって進む道は、建物と建物の隙間というふうな、もともといろんな人が歩くためにはつくられていない場所だった。せいぜい家族や近所の人が専用の近道として使う通路に思える。

「台湾は古い建物をあまり壊しません。つくり増したり、中だけを新しくして使ったりしますね」

と言いながら彼が進む道は、表の大通りから一本並行して続いていた。ちょっと出ればすぐにあの大通りに戻れることが、ざわざわした音や灯りで想像がついた。あの、店が並ぶ表を飾り立てたにぎわいから一本奥に入っただけでこんなふうになる、ということが映画のはりぼてのセットみたいで奇妙に思えた。手すりもない、半ばはしご状になった階段をのぼり雑居ビルの半二階にあがって、バルコニーを渡ったら再び降りるという道も通った。途中、道ってなんだろうと思いかけたことが数回あったけれど、そんなときもどこかしらの明るい通りは視界の端に見えていた。

ふいに、突きあたりに石と植物で造られた垣が現れる。彼は言う。

「やあ、ここです」

広い公園のすみに出た。きちんとした生け垣とも思えないほど勢いよく育った低木によって敷地が取り囲まれている。公園の敷地は時間で閉まるということもなく、自由に出入りができるらしい。敷地内にはいくつかの施設、たとえば小規模な美術館や博物館、動物園や遊具、噴水といったものがあるんだそうだ。日本の都市部にもこれと似た公園があったことを思い出す。

入ってすぐに建っていた博物館の建物は、美しいけれどもちょっと大げさというか、かなり時代がかったものに見えた。

「昔のパレスを再利用している建物ですが、中身は新しいものです」

と言いながら、彼は博物館に入るための短い階段をのぼって行った。パレスと彼が呼ぶその西洋風の建物は、おそらくコンクリート造りではあるけれども、まるで自分は大理石です、とでもいう堂々とした佇まいでそこにあった。公園の周囲には太い道がぐるりと通っていて、繁華街にも近いはずなのに薄暗くてしんとしているのは、やっぱり、日本よりもずっとサイズの大きな植物群のせいかもしれない。建物に入る部分には太い遊歩道があって、観光バスのロータリーを兼ねてもいた。

おそらく地元の資料館といった規模のものだろうと考えていた博物館は、中に入ってみると外観よりずっと広々としていて、外壁の華美な装飾とは裏腹に、未来風でつるりとしていた。入口のホールからして吹き抜けで、展示室も天井が高い。様々な展示品が並ぶケースやそれぞれについているキャプション、解説の資料はどれも新しかった。プロジェクターの展示も液晶の画面も、まだくっきりと鮮明でくたびれていないし、アクリルケースは透明度が高くきちんと拭き清められていて、昔の町を再現したらしきジオラマ模型には埃もなく、パネル展示は色あせていない。

　展示は小ぢんまりとしているけれども多様で、かっこよく見せるための派手な演出はないけれど、とても整理され、わかりやすい解説がされていた。そうして見渡す範囲には私以外、働いている人も見に来ている人もいなかった。無人の券売機とオートゲート、入口の音声案内は自動で、入ってみると展示品すべてがとても静かだった。監視のための人たちも、部屋の隅に置かれたカメラがその役割を担っている。展示順路のあちこちにＱＲコードやＵＲＬが貼り出されていて、読み取ってみると展示順路の案内のほか、展示資料の画像や詳細な解説にアクセスでき、自分のスマートフォンで見ることが可能だった。

　それらのうちひとつの展示室に、私はとても興味を持った。そこは白いキューブ状の空間になっていた。入って正面の壁には、真っ白なオブジェ、つまり造形物が貼りついている。人の顔と同じか、もうちょっと大きめくらいの、人の頭部の前面、つまり仮面状のものが壁に掛かっている。もしくは、壁かと見えたものは白く薄いゴム状の膜で、誰かが裏側から力強くこちら側に顔を押し付けて出っ張らせているようにも見えた。その真っ白な顔面の下には、短い説明文と真鍮色のスイッチボタンがいくつか並んでいる。説明文は台湾の言葉と英語の二カ国語表示があって、私には細かな意味が読み取れなかった。ボタンを押してみると、その仮面状の立体物の表面に、幾何学的な模様が映し出された。別のボタンを押すと模様は切り替わり、白い顔面に映し出されては消えていく。

　どうやらボタンの下に書かれているのは民族名かあるいは性別かで、押すことによって当時その民族の人たちの文化の中で施されていた顔の入れ墨の模様が、顔面型の立体物に映し出されているらしかった。

　この展示に惹かれたのは、私自身がいま〝人の顔〟を作品のテーマにしていたからだったんだろう。

　人体の中でも飛びぬけて特殊な部分だと感じていた〝顔〟をテーマにして、私が作品を発表しはじめたのは、二年くらい前からだった。最近制作している作品は、たくさんの人の顔を組み合わせて、ドローイングをした壁面に貼ったり、プロジェクターで映し出したりするものだった。モンタージュと顔のぼかし加工、そしてシャープ化を繰りかえして、存在しない人の顔を再構築したり、顔認証が起こるぎりぎりの自然物の模様を写し取ったりもする。固定された線描と動画に映し出される線描、貼られた顔の写真と、映し出された顔といったものたちには、相互作用を仕掛ける余地がたくさんあった。そうして、世界中で顔を持たない人はたぶん、ほとんどいない。自分だけが持ったくさんの生体情報が詰まっているにもかかわらず、自分で決して直接はその全体像を見ることのできない部分。そのくせ、むき出しにして周囲に絶えず見せつけている部分でもある。人は顔を出して生きなくてはならなくて、ときにそれに耐えきれず、隠したりもする。そうして多くの人たちは、顔のほんのわずかな配列のちがいに強く執着を抱く。人間の感覚器が集中する、脳に近い顔という部分のちょっとした差によって、私たちは人生をこれでもかと左右される。美容整形手術の対象となる部位のほとんどが顔でもある。犯罪者か、あるいは美しい俳優か、ほとんどの人はその顔の部位の微細なちがいだけによって判断されている。どれほど顔とは別のところに大きな特徴のある部位があったとしても、人は顔を見て、そこから嫌というほど多くの情報を受け取らされる。

台湾の過去の文化のひとつである〝出草〟というものについては、おじいちゃんのことを調べているときにちょっとだけ読んだことがあった。いくつもの台湾に関する記事のうち、とりわけインパクトの強いものだったから他よりはっきりと覚えていたのかもしれない。出草というのは、当時の人々が持っていた、別の民族の首を切り落とすといういわゆる〝首狩り〟文化の呼び名だった。成人になるための儀式という、呪術的、精神的な成長と分かちがたく存在していただろうその文化は、山に隔てられた台湾原住民のいくつかの集団の中で長く定着していた。中にはその文化を持っていなかった人たちもいる。いっぽうで、子どものころにその文化の中で生きていた老人がまだ生き残ってもいて、当時のことを覚えている人だっている。自分が幼いころに大人がどうやって別の集落に暮らす人を捕らえていて、どんなふうに切り落とし、持ち帰り、どう飾り、どんなふうに首を加工していたかについて、細やかなディテールはきちんと記憶されていて、ただの神話や物語世界の中のことではなかった。出草というものが誇れる文化なのか、恥の文化なのかについてはどうでもよくて、とにかくそこにはそういう文化が存在していたという事実があり、生きている人たちの記憶はともかく、記録を一度でもされてしまえば、消されるまで無くなることはない。

　共通の言葉を持たなかった別々の民族同士は、意思がうまく通じなかっただろう。彼らは仲が悪いというよりも、むしろお互い別の生きものという認識を持っていたのかもしれない。それは西洋の人たちがクマやサイといった大型で賢い動物をトロフィーハンティングの対象とするような心理に似ている。自分とは別の大きく賢いものを狩るという文化は、フィジカルなものであると同時にシャーマン的な精神も強く反映されているものだった。彼らは別の集団に生きる別の英雄を、まったく別の約束ごとで生きる魔物だとか、鬼といったもの、そういう認識で対峙していたんじゃないだろうか。おそらく日本人もかつては外国の人たちにそういう印象を抱いていただろうし、いま、異星人が目の前に現れて、私たちがそういう気持ちにならないかどうかなんて、誰にもわからない。言葉がわからない民族なんていう存在は、ずっと昔だったらほとんどエイリアンと変わらない。そんな人たちが武器を持っていれば、たとえ攻撃をして来なくても現代の私たちだって攻撃すべき相手だと咄嗟に判断してしまうかもしれない。

大きな緑の山、奥深くの世界で別々の文化を持つ民族がいくつも暮らしている。島が世界、あるいは宇宙のすべてになっている。そこで自分が〝主人公〟だと考える者同士が出会って、どちらもが生きてしまうことで、世界の約束ごとが壊れ、崩れてしまうのだろう。だいいち日本人だって、ほんのすこし前までは、同じ言葉を持ち、同じ場所に住んでいると知っていてもなお、約束ごとに背いた者の首を切って道端に晒していたわけだし。

その〝出草〟という呼び名のことが、私の心の中でずっとささくれて印象に残っていた。呼び名が具体的な行動と絶妙にずれてちぐはぐな印象を与えているために、行為の内容とそぐわず、そのためかえってよけいに恐ろしさを感じさせる。出草という名前は、山道の脇、草むらの中から飛び出すという行為に由来する。〝草むらから飛び出し〟て〝首を狩る〟の、後半の一番大事な要素がまったく言葉のなかに含まれていないのだった。そのものずばりを感じさせない、周辺事項によって名づけられた呼び名。慎重につけられ、そのため聞いた瞬間には誰もがその内容と結びつかない名称だけが、この文化に対する人々の現在のためらいを抱えながら持て余しているみたいに響いた。

展示品を見ていて、ふと、こんなに舞踊、工芸的に成熟した文化だったにもかかわらず、どういうわけかこのあたりで、あまり仮面の文化が残っていないことに気づいた。日本なんかはもちろんのこと、中国、韓国、あるいはタイやインドネシア、パプアニューギニアなんかでも、広範囲に多様な仮面文化があったというのを聞いたことがある。なのに、どれだけ見渡してもここに仮面文化らしきものが展示資料として残されていないということが、どこか奇妙だった。あの展示室にあった壁の顔は仮面ではなかったし、写真資料で見たことのある顔はどれも、仮面ではなく実際の人間の頭部だけだった。

これほどまでに多彩な文化がある民族の集合体で、国の中で有名な仮面劇がないことは、なにか理由があるんだろうか。これらは、顔に施される入れ墨文化や、あるいは首狩りとも関係があるのだろうか。

彼にたずねてみよう、とあたりを見回してみて、彼がいなくなっていることに気がついた。私は彼が、「嫌なら途中でいなくなりますので」と言っていたのを思い出す。彼はほんとうに言葉どおりふっつり、いなくなってしまっていた。

博物館に入ったのは昼さがりだったのに、出るときにはもう日差しがかなり傾いていた。この街のあちこちには小ぶりだけれども居心地のよさそうな、いい雰囲気のカフェがあった。日本だったら取り壊してしまいそうなほど古いビルの一階をリフォームして工夫を凝らしながら、かわいらしい内装の店にしている。一番入りやすい角地のカフェに入って、今日はまだなにも食べていないことに気がついた。レジの置かれたガラスケースの台に並んだうち、ふんわりとしておいしそうなシフォンケーキと、クリームたっぷりのコーヒーのセットを頼んだ。大きめのマグカップにも、かわいらしいスタッフのＴシャツにも、揃いのイラストが入っている。このお店のマスコットキャラクターらしい。熊なのか猫なのかわからない、こういうおしゃれなお店にはちょっと不釣り合いな、若干子どもっぽくポップにも見えるキャラクターだった。でも、このキャラクターイラストはあんがい人気が高いのかもしれない。カフェの一角にもそのイラストのＴシャツやトートバッグ、ステッカー、ポストカードが飾られ、売られていた。台湾の島の形のシルエットを背景にして、そのキャラクターがベスパ型のレトロなオートバイに乗っているイラスト。吹き出しには手書き調のゆるいフォントで『WE♥TAIWAN』と書かれている。

私はスケッチブックをカフェのテーブルに開く。今日入った博物館で見たもの、知ったことはたくさんあって、いますぐにメモをしていかないと端から忘れていってしまいそうだった。世の中の仕組みは本当にたくさんの要素によって成り立っていて、そのどれも、一見すると世の中の重要なものには不要に思えるのが、いっそう厄介だった。新しいページを開いたものの、たくさん起こったできごと、見た細部の、いったいなにから書きだしたらいいのか迷ってしまった。こういうときはきまって、書きだしてみてから、ひょっとしたらもうひとつ前から書き始めなければいけないような気がする。すべての要素の前には別の要素があって、その後ろにも。そうして全部の要素は互いに干渉しあっている。だから近ごろは、ページの左上や右上からではなく真ん中よりちょっとだけ上のあたりから書き始めることにしていた。

始めてすぐ、私は彼の名前を聞いていなかったし、自分の名前さえ名乗ってもいないことに気がついた。公園の位置だとか、博物館の見取り図とかいったものも、自分が思っているよりもずっと曖昧だった。ただ、情報があやふやだったからといって、なにもかけないわけじゃない。どちらかというと曖昧であればあるほど、かきとめる行為は多くなる。知りえたものをすべてかきつぶしていかなくてはいけないからだった。まず、展示物のうち、印象に残ったものの配置。忘れられないけれど、それでも数日たてば薄れていってしまいそうな、大切かどうかもわからない言葉や図をかく。

　私は紙面にいくつもの卵形のラインを描き、覚えている限り、山に暮らしている人たちの顔に施されていた入れ墨を描きとめていく。展示室で見たこれらは遠くからでも敵味方がわかる認証だったのだと思う。現在ではもうわずかな、老いた人以外にその文化は残っていないため、この国に来てから今まで、顔に入れ墨のある人に出会っていなかった。

　いまいるカフェには、教科書を広げて学生が家庭教師らしき人にレッスンを受けていたり、大人数でなにか書類を広げて打ち合わせをしている人がいる。私ひとりがスケッチブックを開いていても、特別に気にされることはなさそうだった。大きなマグカップの飲み物を飲みきるまで、私は今日のことを線、つまり字と図にしてかきとめる。店を出たときにはすっかり日が暮れて夜になっていた。

ホテルに戻ってしばらくすると、梅さんからのメッセージが届いた。梅さんは私が話を聞いた後もネットや電話を使って、ときに遠方に嫁いだ地元の知り合いにも連絡をとりながら、おじいちゃんのあらゆることがらについて調べてくれていたみたいだった。

私のおじいちゃんは、当時、日本からきて移住していた日本人夫婦が台湾で産んだ二世で、いわゆる〝湾生《ワンセイ》〟と呼ばれる子どもだと梅さんは考えていた。日本語を学び日本の教育を受けてはいたものの、台湾から引き揚げてきた湾生の子どもというのは、育ち方や環境、教育方針のちがいからなのか、日本に戻ってからずいぶん苦労したとされている。来る前に聞かされていた状況とだいぶちがう厳しい日本の環境で、山間部ののんびりした暖かい地域で生まれ育った湾生の子どもは、ときにひどくいじめられたり、そのことを隠さなければいけないことも多かった。学校の先生にさえ、湾生の子どもはルーズな性格を持っていると、とりわけ厳しくされてしまうことがあった。

私はまたスケッチブックをベッドの上で開く。写真や記事が貼りこまれたページの横に、梅さんのメールを読みながら、「湾生」の文字を書き入れた。

メールにはほかに、日本で見せた記事の詳しい内容が書かれていた。その記事に書かれていた少年は原住民の子どもで、彼が学校で描いた作品が日本の帝国美術院の台湾公募展において子どもの部の賞をとったことについて触れられていた。私はちょっとだけ期待していたけれど、その記事に記載されていた子どもが子どものころのおじいちゃんだということはなかったみたいだ。その子どもはすでに台湾国内でこの世を去っているのだそうだ。梅さんは、そこまで調べてくれていた。私のスケッチブックの白い部分は徐々に文字で埋まっていった。

　ほかにも梅さんは、おじいちゃんが日本列島に帰ってきたころのこと、その前後の台湾や日本のこと、ハガキに書かれていた住所の現在の状況、行くのだとしたらその方法、いまとなってはほとんど人が住まない地域になっていること、どううまく準備しても一日で行って帰っては来られない場所だからと、いちばん宿泊滞在のしやすい途中の大きめな町についてまでメールに記してくれていた。

　探偵に捜索を頼んだことはないけれど、どんなにお金をかけたテレビ局の人探しでも、こんなに調べてくれることなんてないんじゃないかと思えるくらいの丁寧なやりかたで、梅さんは私のおじいちゃんが残したハガキの場所までの道のりを探ってくれていた。梅さんは初対面のときからとても頭がよく優秀だという印象があったけど、まさかこんなまるで秘密警察みたいなことまでできる人だったなんて。

　私も梅さんも、私のおじいちゃんがもう世界のどこにもいないことを知っている。だから今回の訪問はおじいちゃんを探すためでも、会うためでもない。台湾の中で、私のおじいちゃんにまつわる要素はすべて、いままでの私の人生とかすったり、すれちがったりしてきたことのないものたちばっかりだ。このスケッチブックには、そういったものが積みあがりつつある。おじいちゃんの書きとめて来なかったものを、そうしておじいちゃんの頭の片隅に追いやられたまま忘れられてしまったものたちを、私が自分の頭に書きとめなおすみたいになっていった。

〈あの、羊羹が挟まったカステラ美味しかったです、ありがとうございました〉

　と、メールの最後には書き添えられてあった。あの香典返しの箱には、そんなものが入っていたのか。ぜんぜん知らなかったので、私はなんだか梅さんの感謝を持て余してしまった。

　梅さんの、どこかうさん臭くさえ思えるほどの心づかいに満ちたメールを見ながら、私はほんとうにおじいちゃんのことを知りたいという切実を持っているんだろうか、と考えていた。これは、探し物の旅なんだろうか。私はどういうわけで死んだおじいちゃんの謎をさぐる探偵のまねごとじみた行為をやりとげたいという欲求を持っているんだろうか。おじいちゃんがどうしても家族にも話したがらなかった秘密を暴くみたいな？　あるいはどこかほかの国に自分のアイデンティティがあるのを期待しているとでもいう自分探し。どう考えてみても、うまく自分の中に答えが出てこなかった。そうして、この旅にゴールがあるのかも、よくわからないままだった。

ドアを開け放ったまま台北駅のホームに停車していた長距離列車は、いつか見た日本の車両にどことなく似ていた。どこから誰を乗せて、どこへ行くためのものなのか、それだけを見てもほとんど情報がないに等しい覆面性を持っているのにもかかわらず、一度見るとなかなか忘れることのできない個性的な塗装をされている日本の観光団体列車と同じものに見えた。そういう日本の特殊な車両を台湾に払い下げて再利用されているということがあるのかもしれない。あるいはそんなことと関係なく、もともとこういった郊外型の長距離列車の造りなんて、どの国のものも似たり寄ったりなのかも。ただ、すくなくともいま乗りこんでいるこの列車は私をなんの困難もなく目的地に連れて行ってくれる。特別な案内放送のひとつもかからないまま各駅でそこそこ長い間停車して、低いプラットホームから乗りこんでくる客を待っているから、私がその到着場所の駅名を確認することに必要以上慌てる必要はなく、そのためとてものんびりした移動手段だった。

　昔の人たちは、この窓から見えている山々を命からがら越えていた。私は、梅さんから聞いていた民族同士のいさかいのことを思う。この山では、言葉の通じ合わない民族同士は味方であることのほうが不自然な時代が長くあった。そのあと、日本語を共通語として敵、味方として存在しあった時代も越えて、いまはたぶん、それぞれが昔から使っていた言葉同士を守ろうとしてお互いが力を合わせているんだろう。

　大きな駅を離れ、建物や車や人が減るにつれて、線路のそばに生えている木が大きくなり本数も増えていく。街中でも感じていたのと同じで、日本の風景と似ているようで、ずいぶんちがっている。幅広のヤシの葉とかそういうものが線路やその上を通る車両に触れながら、時に列車すべてを取りこんでしまうほどの勢いで育っている。流れていく田んぼや畔、そこに生える稲も一本一本、すべてが日本とちょっとだけちがう。列車の中も、スマートフォンを見ている人ばっかりで日本のように見えるのに、なんだかほんのちょっとだけちがう気がするのだった。列車旅のあいだ見えているのはずっと、そんな、複雑で繊細な、答えのないまちがい探しとでも思えるような風景だった。

梅さんは台中駅からすぐの、中長距離用バスのターミナルで待っていた。私は梅さんのお家まで私ひとりで行けますと伝えていたのだけど、複雑だし、駅からも遠い山の中だし、運行も変更が多いのでと梅さんはここまで出迎えに来ると主張して譲らなかった。ロータリーには、日本で高速バスと呼ばれる中型以上の車両が数台並んでいて、そのうちの一台に向かって梅さんは迷いなく進んでいく。たしかに、ここに出入りしている大小のバスから梅さんの故郷に向かう一台を見つけ出すのは私だけでは難しく、梅さんのことをありがたく思った。私は生まれた町にある、小型のコミュニティバスもたまにしか停まらない小さい駅前ロータリーのことを思い出す。私たちはここからさ

らに中距離バスに乗って、梅さんの生まれた町まで行くのだそうだ。梅さんは私に、

「ちょっと、ここで待っていてください」

と言い残して、走って行った。ロータリーの一角に立つ、制服を着た係員のところで早口でなにか話し、お金を手渡しているのがわかった。見ているとその相手は、切符売りのかばんを持った老いた男性の係員だった。私が子どものころにも、駅前のバス停にはひょっとしたらああいう切符売り専門の人が立っていたかもしれない。

「これ、一週間使える往復の切符ですから、帰りもこれで乗れます。無くさないで取っておいてください」

と、梅さんは、不安になるほど薄く青い印字がされたレシート状の紙きれを私に手渡してきた。金額をどれだけたずねても、梅さんは、とても安いので気にしないでくださいとしか答えなかった。私は注意深くその紙片を折りたたんで財布の中に入れた。梅さんは私のキャリーバッグをバスの横に立っている人に頼んで荷物入れに入れてもらうと、私の背中に手を添えながらバスに乗り込んだ。

車内はすいていて座席に指定はなく、好きな場所に座っていいみたいだった。私と梅さ

んは、ひとつ間をあけて同じ列の横並びに座る。席幅は広く、座ると柔らかく沈み込んだ。さっきまでの列車の座席がとても固かったので、その落差にびっくりする。窓枠の上に丸く開いた吹き出し口から出てくるクーラーの風は、肌をぴりぴり刺すほど冷たかった。

　私の想像よりずっときれいに整った山肌に沿った広い道を、バスは走っていく。アスファルトは平らだったけれど、ときどきくぼんでいたり段差が生じたりしていて、そのたびにのったりと大きく車体が揺れた。私は預けた荷物にスケッチブックを入れたままだったことを、はじめに後悔し、でもこれくらい揺れるのなら何も書くことはできないだろうと思いなおした。ほかにいる乗客がどうやってこの時間をつぶしているのか、座席の背面シートが高いのでわからない。おそらくスマートフォンを眺めてでもいるんだろう。私はこんな状況で液晶画面なんて眺めたら酔ってしまうような気がして、窓の外を見ながら梅さんに、

「そういえば、台湾はいま中元普渡という時期なんですね」

　と話しかけた。梅さんはおどろき、

「この旅で、私よりも台湾に詳しくなりそうですね」

と笑う。耳慣れない日本語をしゃべっていることに気づいたためか、斜め前方に座っている男性がこちらをぐっと一度覗きこんで、すぐに前を向きなおした。

「台北の街を歩いていて、好兄弟のためのお供えをしている祭壇らしきものを見たんです」

「そういうもの、いまでは台北でもマンションの多い地区だと珍しいです。昔から商売している古い大きな家だったり、お寺の近くだったりすると、今でもそういうことをしているかもしれません」

梅さんに言われて思い返すと、たしかにあのあたりは街角のあちこちに線香を立てる場所みたいなものがあったかもしれない。あれが寺院だったのかどうかは、はっきりとはわからないけれども。

「好兄弟というのは鬼の別名なんです。中元は鬼月とも言います」

と、梅さんは言って、続ける。

「自分たちの知らない死者、一族と関係のない死者は、ここの場所では多くの場合、鬼と考えられています。ただ、鬼という言葉は強すぎて、口に出すとあまりよくない言葉なので、好兄弟という呼びかたをしているんです」

「鬼ですか」

日本では、鬼は死者のことを指していただろうか。鬼が地獄で働いている絵は子どものころに見たことがあるし、日本のあちこちの地方で、鬼があらゆる民話に登場しているイメージがあった。ただあれは、生者あるいは死者をいじめる役割の別の生きもので、人間と同じものというよりはヨーロッパのトロールなんかに似た怪物なのだと思っていた。ということは、日本での鬼は生まれたときから鬼なんだろうか。中国やインドではどうなんだろう。死者は、誰かにとっては関係があり、誰かにとっては関係ないものなのだから、台湾では人によって鬼である死者とそうでない死者がいるということなんだろうか。

私は、山の中に暮らす、武器を持った人たちのことを思った。それぞれ同士は一族や家族、先祖や子孫で、別の一族は約束事の通じない別の生きものだと言われていた。それこそお互いがそれぞれに対しての怪物のような。彼らはお互いそういったものとして、相手を狩りあっていたのかもしれない。

「この時期は、死者を迎えるからという理由でいくつか生活上のタブーがあります。たいていは、自分と関係のない鬼に自分を悟られないようにするための、決まりみたいなものです」

「生きている人は死んでいる人に存在を悟られてはいけないんですか」

「詳しくは、存在を特定されることがよくないと言われています。いまは守られることも減ってしまったのですが、まず、この時期は、肩から上を写真に撮ってはいけないです。つまりバストアップ、証明書に使う写真のたぐいを撮ることがダメなんです。だから、証明書を作ることもよくないと言われています。鬼に顔と名前を覚えられてしまうからです。街で名前を呼ばれて、振り向くこともいけません。この時期はどこにも鬼がいますので。名前と顔を一致して覚えられるということが、とてもいけないことなんです」

「ずいぶん具体的な項目があるんですね」

「好兄弟は見ず知らずの死者なので、顔と名前を覚えられてしまうということがいけないんだそうです。海に行くこともダメです。水中に引き寄せられてしまうからです。死者が壁に沿って移動すると考えられているため、壁際を歩いたり、寄りかかるというのもよくないことです」

と言ったあとに、続ける。

「でも実は、簡単なことなんです。それらのタブーには全部、理由があります。海は鬼月に荒れるので、事故が多かった。それを好兄弟のせいにしたんです。証明書も、先祖を弔うために色々な仕事をお休みにする、だからこんなときに役所に行って手続するのはよくない！」

梅さんは最後、私を恐がらせる言いかたで、ちょっとおちゃらけた。梅さんはリアリストなのだろう。賢いリアリストなりに、この不思議な文化と共存しているというふうな強さが、彼女の明るさに表れている気がした。

「日本でも、お盆には海に入らないという約束ごとがあった気がします。気候がちがうので季節が合っているかわかりませんが、同じような事故は起こっていたのかも」

と、私が答えると、梅さんはうなずいた。

「それと、戦争が終わってしばらくした後、台湾はとても長い戒厳令の時代になりました。そのときは、海に行くことが難しかったんです」

「それも、危険だったからですか」

「台湾は、ほかの国との境目が全部海です。だから、ほかの国とのやり取りが自由にできなかった時代には、警戒され、気軽に海に遊びに行くことが難しかったんですよ。ですから、都市部にも郊外にも、たくさんの釣り堀ができていました。警備の厳しい夜、海で釣りをすることがいいことではなかったので」

「こんな南の島の中で、海に行けないのは不便……だし、嫌ですね」

「私の故郷は山のほうなので、それに関しては大きな問題がなかったです。でも別の約束ごと、たとえばいろんな本が読めないとか、言葉の扱いとか、学んではいけないこととか、いろんな難しいことがありました」

　と言ってから、梅さんは座席の背もたれに体をもたせ掛けて目を閉じたので、私はふたたび窓の外の風景に集中する。一度駅から離れてしまうと、その景色に変化はほとんどなかった。飛ぶ鳥さえ同じものが同じ軌跡をとって飛んでいるみたいだった。外の景色がスクリーンになっていて、ループしているように思えた。

「もうちょっとしたらつきます」

と梅さんの小声が耳元に聞こえてきて、目を覚ました。日は傾きかけていて、橙色の西日が薄く色のついた窓を通して顔の皮膚をじりじり熱くしている。私はぼんやりした頭で現在の状況がどういうものなのか、数秒、車内のあちこちを見て意識をちょっとずつとりもどす。

田舎なのでびっくりしますよ、と来るまでに何度も言われていたから身構えていた梅さんの故郷は、道中のなにもない風景から見ると、どこか脈絡がないとさえ思えるほどきちんとした計画のもとでつくられた町に見えた。道は舗装されてきれいだったし、到着したバス停は終点なだけあって出発地点のターミナルほど立派ではないけれど、それなりに広いロータリーがあり、脇には切符売り場を兼ねた小さい売店まであった。私はふたたび、生まれた町のあのなにもない駅前を思い出す。

梅さんの町はさほど大規模なものではなく、斜面の狭間にふとできあがったとでもいう佇まいをしている。梅さんの家はその中でもかなり立派な建物で、家族もたくさんいた。

「普段はこんなにいませんけれど、お葬式だから集まっています。日本と同じ」

梅さんは私が思っていることを先に読んでいるとでもいうように、言いわけめいたことを口にした。

「私のおじいちゃんのときより、ずっとにぎやかです。お祭りの準備みたい」

そう言葉にしてから、すぐいろいろ後悔した。梅さんのお父さんのお葬式と、私のおじいちゃんの、参加することがかなわなかったお葬式とを比較するなんて。ましてやお祭りなんかを引き合いに出すなんて。でも梅さんは、

「はい、まったく、お祭りです。人というのは生まれるときより死ぬときのほうが、ずっとお祭りのようなものです」

と笑顔になった。

私は梅さんのたくさんの親族とかわるがわるあいさつをした。梅さんはそのたびに、私の言葉をその人に伝えて、その人たちが発する言葉を私に訳して伝えてくれた。私のほうの自己紹介は誰に対しても、

「日本から来ました、美術を勉強しています」

と言うだけなのに対して、相手の、梅さんの親族の人々は私にいろいろなことを伝えてきてくれた。日本に行ったことがあります、とか、結婚前は彫刻を勉強していました、とか、日本の好きな音楽や映画、あるいは美術作品についてなども。

梅さんの家系は梅さんを含めて、写真家や印刷デザインといった、美術産業に携わっている人が多かった。私は、お父さんが画家をしていたという梅さんの言葉を思い出した。そのことはここに来ることを私に決意させた一番大切な要素だったような気がするのに、今まですっかり忘れてしまっていた。

梅さんとよく似た笑顔を持つ大勢の一族、誰とあいさつをしても、みんなが私に向かって最後、

「おじいちゃんのこと、ちょっとでもなにかわかるといいですね」

と語りかけてくれた。その言葉を聞くたび、私自身、そうとうこの旅を適当に考えていたのだと思い知らされた。そうして、私のやる気のない態度が、梅さんをがっかりさせてしまうんじゃないかと不安になった。

梅さんのほうではこの旅を、おじいちゃんや私のルーツを探すためのものだと考えながらいろいろ調べて協力してくれていたのに、いっぽうで私のほうは、自分のおじいちゃんについてなにを知りたいのかさえわからない状態だった。みんながここに来た私を迎えて、喜んで話しかけてくれればくれるほど、私はなぜ、いまこの人たちに出会っているんだろう、時間をかけてやってきて出会っている人たちは、私をどのような人間だと感じているんだろう、「私がなぜここにやって来たのか、実はあんまり実感がないんです」と、どう失礼に当たらないようこの人たちに伝えることができるんだろう、と考えていた。

「あそこにいるのが父です」

細い廊下を通った先、広い居間らしき場所の一角に生花の祭壇が造られていた。ふだん親族が集まるときには、ここでみんなが食事をとるのだろう。壁面に大きな油絵の風景画がかけられている。海辺か湖畔か、その風景は山奥に建つこの家の中で、冴えた色彩を放っていた。

祭壇の前に横たわっている人は、現在私が立っている位置からあまりその細部が見えなかった。私や梅さんと、その人の間には、何人かの親族が囲んでお別れをしたり泣いたりしているからだった。ただ、頭のあるらしき場所からなにか管状のものがのびていて、人工呼吸器らしきボトルにつながっていたので、私は混乱した。梅さんに、お父さんはまだ生きているんですか、とこの場でたずねていいものなのだろうか。私の視線と混乱を浮かべた表情を梅さんは察したのかもしれない。彼女は、

「あれは飾りです。もう父は生きてはいません」

と、平坦な調子で言った。亡くなったのは一週間以上前なのに、あんなふうにして寝かされているのは、このあたりの風習らしい。子どもや奥さん、家族がいないときに、家の外で、たとえば病院や屋外なんかで人が亡くなることは、この地域の中でとてもよくないとされる。お見送りの準備が終わるまで、死者にはまだ呼吸器がつながっていて空気が送られ、家の中で生きているのだという体裁をとるために、こうやって作り物の病床をこしらえているのだそうだ。

それから梅さんは、階段の上にある部屋のところまで私を連れてきてドアを開け、慣れたようすですぐ横の壁面のスイッチを入れて灯りをつけた。

「疲れたでしょう、この部屋を使ってください。荷物はここに入れてもらって、私はこれからいろいろな準備をするので、何もないですけど、中庭のようすとか見ていてもらってもいいですし、部屋で休んでてくださっても」

「私もお手伝いを」

「人手だけはたくさんありますから、大丈夫です」

と言って、私をおいて親族ががやがや集まっている階下のキッチンに降りていった。

私はキャリーバッグを持って、部屋の中に入る。ここはきっと、こんなふうに親族が集まるときのための宿泊部屋のひとつだろう。古びてはいるけれど掃除の行き届いた、すくなくとも昨日までのホテルよりはずっと落ちつける部屋だった。掃き出し窓から幅の広いレンガづくりのベランダに出ることができ、部屋の中にはベッドと、その横にはちょっとした書きもの用のテーブルと椅子まで置かれている。

私はかばんの中から着替えやタオルを取り出してベッドに、スケッチブックとペンの束をテーブルの上に置くと、椅子に腰かけてそれを開いた。バスの中で梅さんから聞いた話、好兄弟、つまり鬼について知ったことを書きとめながら、その前日に出会い博物館にいっしょに行った、あのスマートフォンさえ持たずに裏道を好んで歩く男性のことを考えていた。彼は、実際のところがどうなのかは別として、私にとってはまちがいなく見ず知らずの他者であって、ちがう世界に住む、好兄弟という言葉がぴったりくる人物だった。

私はスケッチブックを閉じ、部屋を出て階段を降りる。梅さんの家の敷地には二階建ての凹字になっている母屋があり、その内側にある中庭には離れとして、日本の土蔵にも似た、立方体をした天井の高い建物があった。入口は扉がなく常に開放された状態で、誰でも出入りできた。

覗きこんだだけで、そこがアトリエだということがわかった。部屋の明かりはついていた。高い天井にはフルスペクトルのねじり型蛍光灯が並んでいる。荷物は隅に追いやられていたため、部屋全体を見わたすことができた。入ると右手前には、植物模様の入った赤いじゅうたんに、大ぶりの革ソファが置かれている。おそらくここにモデルを座らせて描いていたんだろう。左手の隅にはカンバスが何枚も壁に立てかけられ、上から大きな布がかかっている。布をずらすと、そのすき間から様々な笑顔がのぞいて見えた。微かな油絵の具の匂いは、つい最近にここで絵の具が使われていた、という感じのものじゃなくて、長いこと、この部屋の壁に染みついて取れなくなったものに感じられた。

　入口付近にいたときにはなにか別のものに隠れていたのか、奥に歩いていくうち、初めは目に入っていなかったものがとつぜんに現れてきたので、息が止まるくらい驚いた。それは、白くてかわいらしいロボットだった。しかも大量だった。乱雑に積み上げられているからはっきりとはわからないけれど、おそらく三十体はあるように見えた。

「なんだっけ、これ」

　と、つい声に出してしまった。名前が思い出せなかった。おそらく日本で造られていて、日本でもあちこちの施設にいるのをちょくちょく見かけたりするけれど、こんなにいっぺんにたくさん見たのは初めてだった。設定次第ではあるだろうけれど、たいていは日本語を巧みに話している。多くの人が愛らしいと感じる表情をしていて、たしか個別の名前ではなく一般的な愛称がついていた、と思う。ナントカ君、みたいな名前が。胸のところには液晶画面がはりついている。ここに積んであるものはどれも電源が入っていない。というより、もう今後ずっと動くことがなさそうな、致命的な故障品の雰囲気をまとっている。すべてのものが砂埃をうすくかぶっていて、頸椎の折れた人間のように首をめいめいの方向にぶらりとうなだれさせている。一番手近な一体の肩あたりに触れたとたん、首がごろっと落っこちた。あんまりにもびっくりして、しばらくのあいだ部屋の隅に向かって転がっていくその白くて滑らかな頭部を見つめていたけれど、転がった頭がイーゼルの足にこつんとぶつかって止まったのにはっとなり、慌てて駆けよって拾うと、元のところに載せて戻した。力を入れて嵌めてみても、ただ載っかっているような感じでどうがんばって押しこんでもぐらぐらして安定しない。ひょっとしたら、もともとそんな感じでかんたんに載せられていただけなのかもしれない。そのままそっと、ほかの全部のロボットに触れないよう慎重に、後じさりしながらアトリエを出た。

　キッチンというよりも厨房という言葉のほうがしっくりくるくらい広い場所で、梅さんはほかの親族の人たちとなにかの仕事にとりかかっている。私の知らない言葉を話し、その一族のかたまりの中に完全にはまりこんでいるように見えた。使う言葉のせいか、いつもよりほんのすこし気が強くてきぱきしているように感じられた。

梅さんのほか、さまざまな親族が料理の手伝いをしているその場所には、およそ料理に使う道具とは思えないものがたくさん置いてあった。ナタみたいな刃物、大きな肉の塊をひっかけている大きな金属製のフックやチェーン、調味料が入っているのは、日本ではボウルではなくてポリバケツと分類されるくらいの容器だった。その中に、見たこともないほどたくさんの氷砂糖が入っていた。

「宴会の派手な料理、照りを重視したいだとか、お供え物など、見ためを大切にするときの食べ物には氷砂糖を使います。普段はザラメなんですが、氷砂糖と水あめを使ったほうが、焼きあがりの色目がクリアで艶よく仕上がるんです」

私は氷砂糖というもの自体をとても久しぶりに見た。しかも、たぶん一生で見た氷砂糖の数をこの一日で軽々と超えるくらいの量だった。ざらざらと音を立てて寸胴鍋に氷砂糖が注がれる。日本のよりもいくぶんか黒い醤油と、いろんな形をした甘いにおいのするスパイス。酒も、ボトルの栓を次々開けて何本も注いでいる。これは、すぐそばの、裏手の出口付近に積み上げられた、体のどこかわかるくらい大きく切り分けられた豚肉のかたまりに塗りつけられる調味料らしかった。ずっと見ていたいけれど、生の肉とお酒のにおいでくらくらしてきたのを梅さんに気づかれて、遠い移動で疲れているでしょうから早めに休んでください、と言われ、邪魔になってしまいそうなその場所から離れた。

どのくらいの間だったか、部屋の中で椅子に座ってぼんやりしていると、ノックの音がした。梅さんが、おもちゃじみた小さいお盆に小さい湯飲みと急須を載せて、テーブルに置いてくれる。

「大丈夫ですか、ちょっと、疲れましたね」

梅さんは私に、お茶を注いだ湯飲みを手渡してくれた。私は自分の座っていた椅子から立って梅さんに座ってもらい、こっちはベッドの縁のほうに腰を掛けた。

「車のおもちゃ？」

梅さんが、テーブルの上に置いてあった私のキーホルダー、自宅やキャリーバッグのカギの束に手を伸ばし、それらに繋がっているミニカーのほうを持ちあげた。

「はい、友だちの作った作品……の一部を、私がキーホルダーに加工しました」

梅さんはそれを手にとって、興味深げに眺めている。ミニカーにくっついている人形の上半身はあちこち細かな加工がされていた。新品で売られているレゴの人形というのは、髪形と顔のパーツが分割できる作りになっていて、顔の表面部分には表情が刷られている。このミニカーにつけられている人形は、髪形のパーツが外され、頭頂部はむき出しの出っ張りが露出し、印刷された表情はやすりで丹念に削られている。これは大学のあの場所に捨てられていた時にはおそらくそうなってはいなくて、これを拾った後にカスミが加工したものだ。

「梅さんのお父さんのアトリエに行きました。すごいですね、ロボット」

私は、ミニカーをテーブルの上に滑らせている梅さんに声をかけた。

「ああ、おもしろいでしょう、こんな台湾の田舎に、ペッパー君があんなに」

「ああ、そうだ、ペッパー君」

「中古品の、もう壊れているものをたくさん。どこから手に入れたのかと思ったんですけれど、どうやらネットオークションとか個人売買で引き取って集めていたみたいです」

「なんのためですかね、絵のモデルにしたい、とか」

「直接聞いていなかったので、今はもうわかりません……でも、私は、絵に描くのではなく、なにかもっと別のことをしようとしていたんではないかと考えています」

しばらくのあいだ考え、梅さんは続ける。

「ひょっとしたら、絵ではない作品を作ろうとしていたのじゃないかって」

「絵画以外の作品を？」

「はい、それは、映像か、インスタレーションか、どんな形のものにするつもりだったかはわかりませんが、きっと、記憶にまつわる作品です。父は記憶について最近ひんぱんに……特に顔の記憶のことを考えていると、メールに書いてきていました」

「顔の記憶……」

「あのロボットは顔を覚えるんです。まあ、壊れていたら意味はないのですが、あちこちから買い集めたロボットは、前にどういう人に出会ったか、どんな人の家で、どんな家族といっしょにいたか、そういう情報をどこか壊れた部品の中に記憶しているんじゃないか、かつて見た顔について覚えているんじゃないかって考えていたようです。それで、その中にはもうこの世界には生きていない人たちの顔も覚えているものもあるだろうと、父は考えていたのだと思います」

死者の顔。私は自分の作品だとか、台北で見た博物館の展示、あるいは好兄弟のことを思い浮かべる。梅さんは、テーブルに置かれた私のサインペンを手に取り、

「端っこ、書いていいですか」

と私にことわってから、スケッチブックの端に、

『Ｐｒｏｓｏｐａｇｎｏｓｉａ』

と、そうしてその下に、

『相貌失認』

という漢字を書き加えた。私はその英単語のほうは意味どころか読みかたさえわからなかったけれど、相貌失認という文字であれば、意味をなんとなく想像することができた。

脳の中でも人の顔を認識する部分というのは、ほんとうに特別な一部分らしい。そこが外傷、たとえば事故や戦争、またはなにかの病気などで損傷してしまって機能を停止すると、ほかの記憶や認識には問題がないのに、人の顔だけがわからなくなるという現象が起こる。人の社会というのは顔の認識で成り立っている部分が多いから、この症状はいくらかの不便をともなう。いっぽうで、この症状を患う人は案外多いらしく、軽症も含め

ると百人に一人はいると言われている。たいていの軽症では言葉づかいや服装、周囲の別要素を組みあわせて他者を認識することができるけれど、ひどくなると、目の前にいる人が肉親であるのかどうか、どういう表情をしているのかも把握できないのだという。

私は梅さんの話を聞きながら、自分のおじいちゃんが持っていた写真の裏に小さくびっしりと、写っている人たちの名前が書かれていたことを思い出していた。

「近年の父は、アルツハイマー型認知症によって、この症状が出ていたようです」

梅さんのお父さんとその父親であるおじいさんは、この町で二代にわたって肖像画家の仕事をしていた。多くの人が高品質な写真機を手に入れることのできなかった時代に、写真館というものが長く存在しなかったこの町で、肖像画家という仕事は比較的安定して長く続けることができる職業だった。町の人はちょっとした人生の節目や記念に、梅さんの家の中庭にあるアトリエで肖像を描いてもらっていたそうだ。子どもが生まれ、その子が学校に受かり、成人し、仕事に就き、結婚するといった折々に、あるいは年配の方の人生最後の思い出にも。家族の肖像は家に飾られ、複製した絵は嫁に行った娘に持たされ、都市部のマンションで小さい額に飾られ、孫のスマートフォンの待ち受けになり、プリントアウトされてひとり暮らしをしている長男の下宿の壁に貼られることもあった。体調不良や用事などで、大人数の家族がいっしょに集まって集合写真が撮れないようなときも、肖像画であれば一番いい状態の写真を自由に組み合わせて一族を一枚の絵にもできる。梅さんのおじいさんやお父さんはとても器用な人で、無理にも思えるいろんな注文をうまくこなした。

　また、入れ墨を消した状態の肖像画を描く、という彼ら独自の技術もとても重宝がられた。時代の変わり目、山岳民族の中で若い人たちの成人の印だった顔の入れ墨は、近代化の中ではときに疎まれる対象にもなった。そのために未認可の入れ墨消しの手術をする職業なども生まれ、流行したらしい。けれども顔の皮膚を再生させる技術がまだ稚拙だったり、衛生環境のこともあって失敗することも多かった。そのために、子どもの参観日や子どもの友だちが家に来るときだけ、隠す化粧の技術を持った理美容師が重宝されたりもした。顔や体のあちこちに民族を象徴する模様がある年輩の人々もいたが、体力のないお年寄りだと手術自体が難しい。その場合、写真を撮る際にも当時の技術では修整で入れ墨を薄くするのに限界があった。そういったときに、梅さんの家がやっている肖像画描きというのはとても役立った。入れ墨のある状態とない状態、どちらも、梅さんのお父さんやおじいさんはとても巧みに描きわけた。

「そしてまた、私の祖父は、肖像のほかに戦争から帰ってきた兵隊さんの顔の部品を作ってとり付ける仕事などもしていました」

　戦争から帰ってきた兵士の中には、鼻や耳だけならまだしも、ときには顔のほとんどを吹き飛ばされてくる人もいた。戦後はそういった人のために、義眼だけでなく耳鼻や顎など顔のあらゆるパーツを、木や象牙を彫って作る仕事というものが世界中に生まれる。専門的な医学の知識がなく、見よう見まねで作った梅さんのおじいさんのそれは決して精巧なものというわけではなかったのに、その非精密な感じがかえって本人の印象をよく再現していたのだそうだ。写真どおりに作る都会の医療機関に依頼すると、高額になるうえ精巧すぎるあまり不自然で不気味にみえるのだと、梅さんのおじいさんのつくる偽物の顔はわりと評判だった。こういう場合、以前の顔を、写真だけでなくて立体的な印象とか持っている雰囲気まで似せる必要がある。梅さんのおじいさんはそれがとても得意だった。二代目になる梅さんのお父さんも手伝っていたけれど、そのころにはもうだいぶその需要はなくなっていた。人の顔の記憶というものは曖昧なので、曖昧なままに作るほうがいいのだと、梅さんのお父さんは、自身の父親である梅さんのおじいさんに教わっていた。

「祖父が幼いころ、子どもに勉強を教えるために、日本から美術の先生が来ていました。祖父はその先生によって、美術の才能を開花させることができたと、ずっと繰り返し話していました」

当時、美術の専門教育を学んだ師範学校の卒業生が、台湾にやって来て歴史や数学、国語などを教えていたことがあった。梅さんのおじいさんは日本から来た先生に、ものの見方と覚えかたを主に学んだ。そのやり方がとても向いていたため、梅さんのおじいさんは先生の指導で絵の腕だけでなく、勉強全般がとても上達した。

「祖父は、子どものころの学習というものは読み書き算盤、すべてにおいて写生の勉強が基本として関わって来るのだと教わっていました。観察して、写し取って、そこに在るしくみや約束ごとを考える。これが学びの根本なのだと。父は祖父から仕事のことだけでなく、社会を生き抜くすべての技術を引き継ぎました。ものを見て、覚え、法則を見抜く訓練を続け、最終的にその部分だけをもって世の中を生き抜いてきていたように思えます。当時の先生の指導がそのまま、祖父や父の生きる技術になっていたのでしょう」

ただ、梅さんの親族のうちの一部の人々は、肖像画を描くという若干特殊な仕事をしている彼らが不吉なものを呼び、禁忌に触れてしまう危険があると考えていた。

「私の父は鬼月である旧暦の七月に命を落としました。祖父もです。それを私たちの一族のうち何人かは偶然のことではなく、父や祖父の仕事と紐づけて考えてしまっています。そういった人たちは、祖父や父の仕事にはっきりと恐れを持っていた時期があります。そのためか、とくに祖父は鬼月の仕事に慎重でした」

私は、梅さんの話を聞きながらスケッチブックに気になった言葉をどんどん書きとめていった。

「父も祖父も、鬼月の時期には肖像の仕事を休みましたし、死者の肖像に関する依頼を受けることはほとんどありませんでした。たぶんこのことは普渡の時期の禁忌、とくに顔写真を撮ってはいけないことに繋がっているみたいです」

『死者の顔を描くことは禁忌』と私は書き記す。

死者の戻る鬼月に、生きている人は顔写真すら撮ることがよくないとされる台湾で死んでいる者の顔を描くなんていうことは、忌みごとの中でも特別に重いものなのだろう。それでも、梅さんのおじいさんやお父さんを頼って、大切な人の姿をとどめてほしいと望む人がいた場合は、夜、そっとその人の家を訪れて、携帯用の絵の道具を広げ、死者の横でその死に顔の小さな絵を小さなスケッチブックに描いたこともあったらしい。

日本でも遺影はふつう、生きているときの笑顔を使う。役割を考えるならば亡くなる瞬間に近ければ近いほど都合がいいはずの遺影は、病気もなく健康な姿を求められ、ときにかなり昔の写真が使われることもあった。

人は死ぬと顔が似るのだと聞いたことがある。表情がなくなると人の顔というのはちがいがなくなるのかもしれない。でも、だとすると、つまり表情というものは、生きている人にとっていったいどういう価値を持つものだろうか。

「仕事を休んでいた鬼月の父は、趣味でふらりとひとり、近場の旅に出て風景画を描いていたんです。でも、そういうことも私の母は嫌がっていました」

私は、一階の広い部屋に飾られていた水辺の風景のことを思い出す。同時に、普渡のときに水辺に行くとよくない、という梅さんから聞いた言い伝えのことも。そうして、梅さんのような頭のいいリアリストが、こういう文化の中で育ったというのがとても意外なことのように思えた。

「祖父の学校の先生は、よく風景画を描かせていたようです。日本からやって来た先生たちにとって、台湾の風景はとても特別なものに見えたのでしょう」

当時、台湾で美術展覧会というものが行なわれていたというのは、私のおじいちゃんが持っていた記事にもあった。台展と呼ばれたその催しでは公募展示があって、台湾中から集められた作品が展示された。学生や教師、芸術を志すものの絵だとか書、工芸作品のうち、優れたものが選ばれ展示された。つまり日本の政府が主催する、台湾の文化祭のようなものだった。現代でいう都道府県の県展のように、当時日本が、鮮展や満展といったふうに各地域の展覧会を催した。

台展では、日本から帝展の作家を招き応募作品の審査を行なって、展示、表彰していた。台湾の子どもの教育のために日本から来た美術教師たちは、そこに自分の教え子の絵を入選させることを目指した。日本で美術教育を受けた教師たちは帝展作家の権威を充分に知っていたし、日本から離れた自分の仕事ぶりを認めてもらうため、台展で教え子が活躍することは大きな意味を持った。

いっぽうで日本の審査員である作家のほうは、日本の、つまり帝展系の作風の模倣ではなくて、台湾の独自性を持った作品を好んで高い評価をしていた。台湾という南国ならではののびのびとした絵は、帝展作家にとって新鮮で独特な魅力にあふれたものに映ったんだろう。

「祖父はそこでも先生に期待され、感覚を磨いて力を発揮しました」

近代的な文化施設があまり多くはなかった当時の台湾で、台展の人気はそれはもうすごいものだった。第一回の会場がさほど大規模なものではなかったにもかかわらず、入場には行列ができ、当日券は早朝のうちに売り切れ、展示室はまともに絵を眺めて歩けないほどだった。展示の審査に受かることはもちろん、作品がなにかの賞を獲得でもしたら、日本の記者からたくさんの取材を受け、台湾どころか、その時日本であった場所すべてで発行される新聞に載って話題をさらい、芸術家として一躍有名になれると考えられていた。

「その栄光たるや、呪い以外のなにものでもなかったと思います」

梅さんは言ったあと、さらに続けた。

「あの、あなたのおじいさんの持っていた切り抜き、あれは台展で金賞を取った少年の記事でした」

「その子は、私のおじいちゃんや、梅さんのおじいさんの友だちだったんですか」

「そこまではわかりませんでした。ただ、あれはたぶん湾生や漢民族の子どもではなく、原住民の子どもです。原住民にも、美術の才能があった子どもがいました。まあ、あたりまえですね。民族性を芸術作品に反映することも、日本の先生にはとても好まれたようですし」

当時、その過剰に現地の風景や南国情緒を重要視する価値観は、占領者の視点による強制的な美的感覚からの審査だという不満も生まれていた。この土地ならではの風景や文化をテーマにして作品をつくる、のびのびとした筆遣いと素直な色遣いで描く、こういったものが過剰に評価されるのは、果たしてこの国の画家や芸術教育にとっていいことなのだろうかという意見も生まれていた。その価値観は、この国の文化を、いっぽうで田舎くさいものに縛りつけてはいないか。南の島の独特の文化だったり、自然の風景だったり、そういったものがより好まれるのは、植民地趣味に偏ったものに陥ってしまうんではないか、と考える現地の作家が増えるのも、また自然なことだったろう。

一部の作家がどんなに価値観の押し付けだと騒いだところで、やっぱり、栄誉を求めて応募は殺到する。話題になれば多くの人が金賞の作品を観るために訪れる。そのため自分の教え子に賞を与えたい教師は、競って台湾の特徴的なモチーフを描かせ、筆遣いも自由で伸び伸びとしたものがいいとされた。そのほうが〝南国風情が出る〟ということだったし、子どもも期待をされ褒められれば、それが好きな絵なのか、描きたい絵なのかなどは曖昧なままに描くだろう。


「私たちの話をしすぎましたね。私はあなたのお話も聞きたいです」

話が終わると、そう梅さんは言った。考えてみれば私は、自分のおじいちゃんの過去について話してはいたし、梅さんの話ばかりを聞いていたけれど、彼女に自分の作品のことや、創作について詳しく話したことはなかった。

「私は、『顔』についての展示をしています」

「それは肖像みたいなものですか」

「ちがいます、というより、むしろまったく逆の考え方から生まれるものです」

私の作品は、多くの人の顔を部分的につなぎ合わせたり変形させたりして、誰のものでもない、でも誰かには、あるいはすべての人に似ているかもしれない、という顔を生むものだった。私は続ける。

「私の友だちのうちひとり……というか、たぶん唯一の友だちがいます。いました。彼女は、私の作品にとても強い拒絶反応を示していました」

「あなたが、人の顔を作ることに、ですか？」

梅さんはたずねた。

「はい。誰かの似顔絵を描くこと……ともちょっとちがいますけど、期せずして似てしまう顔を作品として発表すること、いや、ちがうかな……」

と、私は言いよどむ。私はこの問題を、うまく言葉にできない。

人の顔をテーマにするということが、私が思うよりはるかに特殊で異質なものなのだと意識したのは、カスミと言い合いになったあのときが初めてだった。

あの時、私はあちこちで展示をするようになって、ちょっとした否定的な反応をもらうようなこともあった。そのため作品を作ってどこかに出す際の倫理について、たまにカスミと意見を交わし合うようなこともしていた。でも、あんなに明確に私の作品について申し立てをされたのは初めてのことだったと思う。だから私はそのときのことをとてもよく覚えている。

あのときカスミは、私の作品の中のひとつにカスミ自身の顔ととても似たものがあるので、削除か差し替えをしてほしいと告げてきた。自分の顔が大画面に投影されることがとても苦痛だから、カスミ自身の問題として、なくしてほしい、と。ただ、私は彼女の顔をモデルにしたことはいままで一度もなく、実際にそれは彼女の顔ではなかった。そもそも、私の作る作品の顔はあらゆる人の写真やドローイングも含めたつぎはぎを繰りかえしたものであって、特定の誰かをモデルにしたものじゃなかった。また、その元の顔にさえも彼女の顔から借りてきた要素は存在しないので、似ているというのはたまたまか、あるいは似てさえいないのかもしれなかった。そもそも、私は作品の制作でたくさんの顔を目にしているからかもしれないけれども、彼女が言うその作品の顔が、特別カスミに似ているとは感じられなかった。

私はカスミに、自分の作品を差し替えることはしないと答えた。特別に頑固だという自覚はなかったけれど、作品作りというものはどこか、そういうふうにあるべきだと思いこんでいたのかもしれない。あのとき、私はカスミにどう言うべきだったんだろうか。いや、あのとき言うべきだと思われることはすべて言ったと思う。かえって言いすぎてしまったんじゃないかと思われるくらいに。

私の作品として存在する顔はどこかの誰のものでもなく、そのぶん、どこかの誰にでもなりうるようにと意識して作ったものだった。だから、その顔が自分に似ていると考えられることは、悪いことではないとさえ思っていた。たとえば映画を撮ったとしたって、自分の物語だと思えるくらいに思い入れてもらえるのなら、それによって怒りや苦しみが呼び起こされるのなら、その作品は成功しているのだろうと。そうして、とりわけカスミは極端に自己の切実みたいなものを抱えこみやすいところがある性格だとも思っていた。だからこそ自分自身の作品だけでなく、私の作品にも向かう視点が強いものになってしまっていたのか、それがいっそうよくない方向に転んでしまっていたのかもしれない、と。

私は、自分のおじいちゃんが自死したのだということを梅さんに話すべきかどうか、日本にいたときからずっと悩んでいた。話しているかぎり梅さんは私のおじいちゃんの死因にあまり興味が無さそうだったし、お葬式の準備で忙しい、肉親を失った直後の梅さんにそんなことを話しても、お互いにいい気分にはならないいんじゃないかと思えた。

梅さんは、

「私の父は、一度見たことのある人の顔と名前をすっかり覚えていました。祖父ゆずりの才能でしたが、晩年にそれを失いました」

と言ってから、続けた。

「祖父だけでなく、そのころ学んでいた子どもには、その能力が備わっていることが多くありました。当時の教育方法によるものだったんでしょうか。山に暮らしていた人たち、原住民にもそういう子どもがいました」

梅さんのおじいさんのような子どもたちの手にしていた、〝顔を覚える〟という能力は、あらゆる大人たちにとって、とても重宝するものになった。特に、あらゆる少数民族を全部まとめて〝バンゾク〟として認識していた日本人は、あの人が何某族の誰だ、というように人相と名前を把握することがとても困難だった。日本の警察にとって、リーダー格の少数ならともかく、子どもだったり女性だったり、大勢の顔をいちいち覚えるのは難しいことだった。当時、指名手配とまではいかない程度のちょっとしたいさかいはたくさんあり、どれほど注意をして見ていても、顔と名前を一致させるのは大変だった。

　そんな状況で、梅さんのおじいさんのような子どもたちの持つ、特別だけれどなんら不自然なところのないこの能力が、思わぬ形で役立った。

「当時、内乱があったとき、どの地域の、どの民族に所属するどの人たちが亡くなったのかを知るのに、そういう能力を持った子どもが日本の人たちに協力したのだそうです。顔だけを見て、誰かわかる能力を……」

　日本人が来て教育や経済の基盤を作ると称して活動しているとき、その不公平さや抑圧から反乱がいくつも起きるのは自然なことだ。その中でお互いの多くが命を落とすこともあったろう。

　梅さんの話を聞きながら、私はふいに、かつてこの国にあった、ひとつの文化に思い至った。

「出草？」

「ああ……」

　梅さんの言葉がすこしだけ濁って掠れ、続いた。

「それもご存じなのですねえ」

「戦争のときに、あの……首狩りを？」

　と最後の部分を言葉にしてしまった私はちょっと怖じ気づいた。戦争なんだから、人がたくさん死ぬのは当たり前のことだ。それでも、私が自分の人生の中で、現代に生まれて、こんな単語を口にすることが起こるなんて、思ってもいないことだった。

「正確なことをいえば、それは戦争のときのことではないです。いや……本当の本当に正確なことをいえば、それは戦争だったかも。起きたできごとの表面的な要素だけでは、戦争かそうでないかは決められません。元々が戦い好きの原住民がいました。

その人たちそれぞれには、日本人が来るずっと前から戦いの文化があったんです。あちこちでいくつかの民族が絶えず戦っていました」

「日本でも、数百年前には国内でいくつもの小さい軍が戦《いくさ》を行なっていましたから」

と、私も言う。

日本が台湾に来たとき、ひどく抵抗した人たちと、さほど抵抗をせず受け入れた人たちがいた。好戦的な性質の民族がいたし、穏やかな人たちもいた。どんな人たちとも、経済的な不公平や強制的な教育への違和感によって、小さい諍《いさか》いは絶えず起こっていた。もともと山の中の一部の人たち同士は、昔から絶えず戦っていて、そこに勝手に日本人が割り込んできたという部分もあったんだろう。

日本人は彼らのうち、日本といっしょにやっていこうとした人たちを味方につける。というよりも彼らにとってみれば、日本人よりもずっと憎い相手である別の民族、自分たちの一族を殺したカタキであるその民族を倒すために、日本人を味方につけた。台湾の山に穏やかな民族も激しい民族もいることを調べた日本人は、日本に対抗する一族と敵対しているうちのいくつかと手を組んで、彼らに警察の補佐を行なうための地位と権利を与えた。

あちこちの山岳地帯で、当時日本政府側についたいわゆる〝ミカタバン〟の人々は、日本の警察の特別任務を受けて反乱分子の〝テキバン〟を討った。その人数や戦績によって彼らは日本の警察から表彰され、報奨金が手に入った。

日本は相手のテキバンのうち、誰かひとりやっつけたらいくら、という形でミカタバンの人々に報奨金を払った。その戦果のわかりやすい証は〝首〟だった。木材を切って運びどおしで働いて一カ月でやっともらえる金額を、ひとりぶんの首を納めれば支払われる。特にテキバンの族の成人男性、リーダー格の首ともなると、それを納めたミカタバンは警察隊に格上げされたり、何年かかっても稼ぐことのできないほど高額な賞金がもらえた。

ただ当の日本人たちは、協力を要請した側であるにもかかわらず、持ちこまれた首がどの民族の誰のものかわからない。成果が正確にわかるようにというよりも、あまりにも高価なその報酬によって、別の民族の子どもや女性を頭数に入れようとする彼らの不正を、日本の側は心配した。そこに並べられたおびただしい数の頭を、日本人は、うまく区別をつけることができなかった。成人男性と女性や子どもの首では十倍以上金額がちがう。

首の積み上げられた登録場所は、どんなにおいがしただろう、警察に協力するように要請された子どもは、この人はなに族の誰、どこの子ども、と答えていく。その子どもの発した名前はとてもややこしいものだった。複雑な発音のそれは雑多に記録され、カウントされていったらしい。

「そのころは多くの大人の顔に入れ墨がありましたので、大体これはなに族、大人、女、なんていうふうに大まかにはわかったのですが、子どもにはそういうものがありませんでした。でも、物覚えのいいその子どもはこれはどこどこの家の、ふたり目の娘、などとすらすら答えたそうです」

戦って死んだ多くの人が、死ぬときに生前と同じ顔をしているとはとても思えない。子どもは、並べられた大量の顔をじっと見つめ、かつて生きていたこれらの顔に、名前を呼ぶ。その子どもの仕事は、死者の顔と生きているときの名前を一致させるというものだった。

「いまでもその子どもが、元気で長生きしていればいいのですけれど」

梅さんが話す言葉は、他人のことだから当然なのかもしれないけれども、最後の最後までずっとどこか他人ごとじみていた。

私はもうひどく眠かった。でも眠る前に、たぶんここに来た理由のとても大切なひとつについて、梅さんに話してしまうことにした。

「私は、自分の作品によって友人を死なせました」


あのときの彼女の部屋は窓が開き、だから風がとてもよく入ってきていた。

あれは〝ループ・ゴールドバーグ・マシン〟と呼ばれるものだった。からくり式のエネルギー連鎖装置的オブジェ、日本でこういうものは、私が子どものころからやっている教育番組のタイトルをとって、一般的に〝ピタゴラ装置〟という名前で知られている。

私が、以前一度だけ行ったことのあるカスミのアパートをたずねたのは、半月ぐらい学校に姿を見せていなかったカスミが、その後しばらく誰とも連絡がつかなくなったからだった。ポストの上についた『小林』という名前がなんだか嘘みたいに見え、鍵のかかっていないドアの前に来ても、私はしばらくためらっていた。

それはあまり広くはないアパートの扉を入ってから、奥にある六畳の部屋までをいっぱいに使ったとても大規模な仕掛けだった。段差の低い玄関口の頭上、ラップの芯を半分に割って繋げたものが天井近くから斜めに渡されている。トボガンという名前の、ボールを転がして遊ぶ子ども用の木製知育玩具に似ていた。足元には文庫本が、縦に二、三センチずつずれながら重なって崩れ、ドミノ倒しの痕跡を残していた。柄に紐が結んであるおたまが傾《かし》いだ状態にぶら下がっていて、指で軽く力を加えるとシーソー状にぱたぱた動く。中央の重心を、割りばしと目玉クリップで固定してあるからだった。床には、おたまの中に入って重心を変えるのに使ったんだろうビー玉がひとつ転がっている。柄に結ばれた紐は、玄関すぐにある細いキッチンの横、扉が開いたままのバスルームに入っていき、湯船にはられた水の上に浮いたアヒルのおもちゃに繋がっていた。ほかにいくつか浮いた水風船といっしょに、割れたりしぼんだりした水風船の破片が水面に漂っていた。シャワーカーテンのレールに引っ掛けられた紐が、天井からいくつかぶら下がっている様々な物体に干渉していた。たとえば台所用スポンジ、歯ブラシたて、プラスチックの取っ手付きカップなど。それぞれはおそらくそれぞれの物体の端に貼りついた両面テープの小さな欠片やホットグルーによってどこかに軽く固定されていたのが、別のものによって力がかかり、外れてぶら下がったものだろう。部屋の中に入ると、上にも下にもそういう仕掛けが設置されていた。仕掛けてある部品のいくつかは見覚えがあるものだった。大学構内に放置されていたものたち、作品になりきれなかった、あるいはかつて作品であった誰かの作った立体物の欠片だった。カーテンレールには、等間隔で溶けたロウが垂れている。ここの小さいロウソクが灯り続けることで、どういう仕掛けがなされていたんだろう、と下を見ると焦げて溶けたビニールの紐が短くちぎれていくつも落ちている。半分に切ったペットボトルがじょうごの役割を果たし、パチンコ玉がその下に落ちて、てんびんが傾きトイレットペーパーでできた薄い帯をちぎる。ボタンを押すと縮んで収納される金属製の巻き尺、そうして、プルバックで走る、レゴの人形が固定されたミニカー。

　これらの残骸から、本来どうやってこれらが作用しながら動いていったかを想像するのは、この状況でなければ楽しいもののように思えた。

これらのしくみは、すべて、そのゴールとなる、部屋の隅に配置されたベッドの横に寄りかかるみたいにしているカスミの体、その彼女の命を奪うための装置だった。そうして、いま私が見ている限りでは、まちがいなくカスミの作品は完成し、成功していた。

本来ならこういう場合、すぐ通報をしなくてはいけなかったんだろう。でも私は、警察を呼ぶまでにしばらく時間がかかってしまった。これはカスミの死がショックで呆然としていたのではなくて、このすばらしく調和のとれた空間をもうちょっとのあいだ見ておきたいという気持ちから来るものだった。警察が来れば私はこの場所から離され、この場所は多少の期間は保存されるかもしれないけれど、その後は秘密裏に処理されて誰の目からも隠されてしまうだろう。才能にあふれたカスミの、独創性に満ちた最後の作品、でもその完成をカスミ自身の目で確認することができない作品、誰よりも自分が成功を祈り、力を注いで完成させるのに、その成功を見届けられないという飛びきり矛盾した作品が、警察という、過剰に美的であることを多くの人から望まれないだろう仕組みによって、あっさり解体されてしまうのだろうということに、私はとても残念な気持ちを持っていたんだと思う。

何度か動画を撮るか悩んで、スマートフォンを取りだしては戻すことを繰りかえし、結局、やめた。そんなことをしてしまったら警察にデータを見とがめられたときに何を思われるかもわからないし、なにより、あれほど自分の顔を撮られること、かたどられることにひどく拒絶反応を示していた彼女の姿を、ここで私が撮ってしまうのは許されがたいことだと考えた。私は取り出したそのスマートフォンで、警察を呼んだ。

それからは、ぼんやりしながら部屋にいた。たぶんそれほど日数は経っていないんだろう、自分がこういう空間について考えていたような、まがまがしい空気が漂っているなんてことはなかった。涼しい時期で、乾燥していて、窓が三分の一ほど開いていたため風も入ってきていた。

私は、どうしてももったいなく思え、迷って迷って、そこにあった彼女の作品の一部をひとつだけ摑み、ポケットの中につっこんでしまった。

私は警察の車で運ばれ、建物の中でしばらく待たされた後、あの部屋の仕掛けについていくつかの質問を受けた。色気のない部屋の中にこれ以外ないというほどしっくりなじんでいる鉄の重い机の上に、きちんとした服装の健康そうな男性が、何枚かの写真を並べる。デジタルカメラのものを引き伸ばしプリントアウトされた写真は、多くが部屋の中のようすだった。中には、カスミの姿が映りこんでいるものもあって、それを並べながら男性は、精神的に厳しいようであれば言ってください、控えますけれどもと伝えてくれたけれど、私はついさっきまで実物を眺めていたのだし、その写真は私が見たそれよりもずいぶん野暮ったく撮られていて、私はやっぱり自分でもちゃんと写真を撮っておけばよかったとがっかりした。私は男性に、問題ないですと答える。

死者は表情がなくなり似た顔になると言われているのに、私はひと目でそれがカスミだと気づくことができた。笑うとか、泣くとか、憮然とするとか、そういったものが個人の要素なのだとしたって、証明写真だろうが、死んでいるときの顔だろうが、カスミの顔はまちがいなくカスミだった。

警察の話を聞いて、私はこのとき初めてカスミが十代のころから何度か同じような未遂行為を起こしていること、そうしてカスミが十代のころにしていた表現活動、オンラインでの動画配信の成功と失敗、その結果として、カスミが自身の姿を映した画像について複雑で深刻な事情を抱えていることを知らされた。私は仲がいいと思いこんでいたカスミから、そういったことを何ひとつ聞かされていなかった。検索をかけられたくなかったのかもしれないカスミの本名は、まったくカスミという文字にかすりもしない別の、耳なじみのないものだった。

あの部屋のからくりについて多少は想像で補完できたとしても、私には、発動させた後の残骸だけを見てあれらすべてのシステムを完璧に理解することはできなかった。駆動のしかた、仕掛けの動きかたは、なんとなくであれば想像がつく。ひとつひとつの仕掛けは、物が落ちたり液体が高いところから低いところへ流れたり、紙が燃えたりロウが溶けたりすることで動く。それらは全部が物理的な約束ごとに基づいたもので、だから溶けたロウやこぼれた牛乳、焦げた跡といった残りかすがあれば、それがどういった仕組みのものなのか、断片的には理解ができた。それに加えて私は、部屋に散らばったそれらの最後のゴールである、カスミの死も見ている。それでも、それらから当然みたいにして導かれるはずの、あの部屋のシステムを再現できるとは私にはとても思えなかった。それによって私は警察から許された。皮肉なことに、カスミのように作品を完成させる才能がないことによって、私は疑ぐられずに済んだんだった。

アパートに残されていた彼女のアイデアスケッチ、絵コンテの類には、それらのことが克明に記録されていた。このシステムを周到に準備していたこと、くりかえし部分部分のテストを重ねていたこと、それらの精密な記録は彼女の、遺書といえばそのようなものだった。材料の調達方法、時にはレシートまでもが貼りつけられた資料には、でも、彼女のそれに至る動機は一切触れられていなかった。だから、一般的には遺書というものに必要なことはまったく足りていないにもかかわらず、そうして私は最初に彼女の死を発見したにもかかわらず、あまり疑われることのないまま、むしろとても捜査に協力的な人物として、さらには友人を自死で亡くした、それを目の当たりにしてしまった気の毒な若者として心配さえされながら、具体的には数カ月のカウンセリングを課せられたのちに解放された。

私には、軽い不眠症だけが症状として残った。私はそれからすぐ学校を辞め——制作に没頭——と言えば聞こえがいいかもしれないけれども——実際は——カスミの死があって以降——たいした制作——ができていない。

梅さんは、私の言葉を聞きながら、さっきまで指先でテーブルの上を滑らせていたミニカーを見つめていた。私の言葉が途切れ途切れになっているのに気づき、心配しているみたいだった。私が言葉を詰まらせる理由が悲しさや心の混乱のせいではなくて、疲れによる眠気のせいなのだとわかり、私の体をベッドに横たえて、ブランケットをかぶせてくれ、背中を数度さすりながら、

「おなかが減ったらキッチンに、みんなそれぞれが気軽に食べられるような食事を置いてあります。それと、夜でも明日の朝でもいいから、お風呂を使ってください。自分の家みたいに過ごしてください。絶えずがやがやして、落ち着かないでしょうけれど」

と言葉を残して、部屋を出て行った。

カスミの作品は、その部屋にあったすべてのものを、彼女に死をあたえるための装置にするというものだった。それは、ひょっとすると私もカスミの人生において、彼女の組みあげた装置の一部だったんじゃないかとも思わせた。そうして、私はまた、おじいちゃんに死をもたらすための装置の一部でもあったかもしれないとも。あの町や、生まれた町の駅のロータリーや、大学での私の作品、台北の街中で見た祭壇や博物館、梅さ

んのお父さんの死体に繋がれていた生命維持装置のにせもの。あらゆるそれら全部が、あのからくり、カスミの考えた大がかりで細密な作品の一部分なのかもしれなかった。

　あれほど私の作品を変えてほしいと懇願してきた彼女は、どれだけ言いつのっても聞き入れない私にひどく絶望をしただろう。何を言っても通じない私を、異星人か、あるいは思考を停止させられたゾンビかなにかだとでも思ったんじゃないか。その絶望が、元々不安定だった彼女の背中を最後に押す結果になったのはまちがいなかった。最後に彼女と会ったとき、私が自分の作品のほんのわずかな部分を変更していれば、そのマシンの運命は変わっていたのだろうか、そんなことを考えてみても、いまとなってみたらもうよくわからなかった。

　死刑が現在の日本で行なわれるとき、その処刑の装置につながるボタンはみっつあるらしい。三人がひとつずつ、いっぺんに押す。どれが本当に処刑の決定に繋がっているかわからなくすることによって、処刑人の心の負担を軽減するらしい。本当かどうかはわからない。どうせ処刑がもうあらかじめ決まっているなら、そんなものは自動装置でもよさそうだけれど。

私はそんなことをぼんやり考えながら、スケッチブックになにを書きとめることもできず、深く深く眠ったようだった。

朝起きると、梅さんが髪をひとつにまとめ、いつもよりもいくぶんかはっきりしたお化粧をしていた。私の目であらためて見ると、梅さんはとてもきれいな顔をしている。私は自分が、昨日到着したそのままの姿で朝まで眠ってしまって、バスでもここの家でも、梅さんと話すか眠るかしかしていなかったことに恥ずかしくなった。

シャワーを借りて、急ぎ着替えと身支度をすませた。こちらでの葬式の服装は、日本のそれとちがってジーンズとスニーカーであることが求められる。参列者同士や祭壇の前で膝をつくことが多いから、動きやすい恰好でないといけないのだそうだ。その上から、薄い生成りのガウンのような布を羽織る。伝統的に決まった姿というよりは、時代に沿って、過去の文化を踏まえながら緩やかに変化してきたやりかたなんだろう。ゆずれない部分だけを残すために、あちこち変わっていくべきものはたくさんある、というような。昨日ひとりひとりとあいさつした彼ら一族が、みんな、なんとなく昨日とちがった空気をまとって立っている。

音楽の演奏家に来てもらうことになっているのだと梅さんから聞かされたとき、私が頭に思い浮かべていたのは、タキシードを着た弦楽器奏者だとかピアノ伴奏者、あるいは讃美歌を歌う合唱隊といったものの光景だった。ところが、実際にやってきたのは想像よりずっと派手な、揃いのミニスカートの制服を身に着けた鼓笛隊コスチュームの若い女性たちで、トランペットや太鼓を鳴らして場を盛り上げるための楽隊だった。くわえたばこで金属の板を打ち鳴らしている中年女性は祈禱師らしい。

葬儀用の特別な形のトラックの荷台は、蓋が開いて簡易なステージに変わるしかけになっている。花飾りはお葬式の祭壇というより、パチンコ店の開店祝いに使われるものに似ていた。そう言われてみれば、日本でも地域によりかつては、お葬式になるとちょっと地味ながらもそういうタイプの花輪が使われていたかもしれない。

路上の宴席には、雨天のことを考えて青いテント屋根が張られている。このあたりでは〝流水席〟といって、お葬式や結婚式に近所に住んでいたり友人だったり、多くの人が来てめいめい適当に食事をし、済めばおのおの帰っていくような、食事の並んだテーブルと椅子を設けておく方式のもてなしをするらしい。よほど大きな家でなければ宴席は路上で行なわれる。特別に交通整理なんかをしなくても、遠くから見て青い天幕が見えれば、たいていの車は文句も言わずハンドルを切り、通路を変える。死者に敬意を表するという意味もあるけれど、この国では葬列に車を入れるということが強い忌みごとになるからだった。

かつては、祈禱師や音楽隊だけでなく、ダンサーやマジシャン、ストリッパーまで頼んでいた。死者を明るく派手に見送るというのが良いとされていたためだった。そうでなくなった理由は不謹慎だとかそういうことではなく、主に経済的だったり、葬儀に使える日数の問題だった。忌引きが日本の比ではないくらい長くとれる台湾であっても、さすがに現在では一週間以上休むことがむずかしく、かつての台湾で行なわれた四十九日間の式は行なわずに、七日より短く終わらせる簡易なものにすることが増えた。

それでも梅さんのお父さんのように、古くからその町で商売をしているような人が亡くなれば、こんなふうに多くの人を呼んでお祭りみたいなお葬式をする。葬列に、生きているものは人だけだった。梅さんの話によれば、行進に豚を連れる地域もあるらしいけれど、それは最終的に食事用になるのだという。いっぽうで宴席は日本の多くの場所同様に、精進、つまり菜食にされる場合もある。民族の信仰は地域によって変形し、強制されずとも、もてなしとタブーは時代によってとても軽やかに裏がえる。外国に暮らす中国系の移民は、多くが道教を信仰している。マレーシアだったり、シンガポールだったり、日本だったり。

　昔、日本だった時代の台湾では、道教に独自の民間信仰が混ざって発展した独特な儀式のうちのいくつかが、政府によって禁止されていた。それは宗教や思想の統制から来るものというよりは、衛生問題の解消だった。その時代、ヨーロッパのキリスト教に対抗できうる信念が日本の公衆衛生だったのだろう。衛生こそが道徳の芯になって、文化的な生活を生むと信じられた。当時の葬式というのも、衛生観念によって政府から変形を強要された儀式のひとつだった。今の日本で、火葬のシステムに巻き込まれていった私のおじいちゃんと同じだ。

　いっぽうで当時の文化政策、統一的な教育の裏っかわには、その国ならではの風景や独特な文化を珍しがって保護する価値観も同時に存在している。たぶんそれは、世界のあちこちで変わっていない。

戦争が終わって、梅さんのおじいさんが見ていた風景から奪われたものが消えていって、同時に、縛り付けられていたものがだんだん見えてくる。何をとりあげられ、何を押しつけられていたのか。いま、私はその場所の別の時間に立っている。

多くの人たちが携わるお葬式にまつわる死者のようす、ミニスカートの演奏チーム、カラオケの電飾トラックといったものは、博物館で見ることができない、SNSで検索しても写真や動画はほとんどない。それら生きた資料を展示して見せ物にすることが果たしていいことなのか、と問われると、でもその明確な答えはわからない。

葬式のようすが記録され、展示されている施設というのは日本でもあまり見たことがなかった。ミュージアムというものは、とても注意深く無害化、無毒化され、死から距離をとられている。見る人たちがどれだけ不用意に、展示品へ近づいて手を伸ばしてしまったとしても傷つく危険が極力ないようにされている。動物園で生きたものの捕食シーンや、病気、身体の欠損した個体を見せることとは、たとえ自然界の忠実な反映であって、決して理不尽すぎない程度の現実の再現だったとしても、見せることは苦しみと同じであるかのように隠される。

その約束ごとは、たいてい美術館における作品にも適用される。倒れるもの、発火するもの、異臭を発するものといった、人の健康を害する可能性があるものは注意深く消毒され排除される。精神的なショックにさえ過剰に慎重になることも、しばしば起こった。

展示会場を順路どおりに見て回って、そのあと併設のカフェに入ったときに言葉を探しながらなにも喉を通らず、向かい合ったまま黙りこんでしまう人がたくさんいるような展示物は、多くの人たちにとっていい展示ではないとされてしまうのかもしれない。あまりにも痛々しく見えたり、身につまされすぎるもの、ただただ気持ちの悪いもの、負の気持ちが呼び起こされるものについて、その場所は仕切られて、人の目から遠ざけられるなら、コンセプチュアルなもの、メッセージ、そういったあらゆる根源的な表現と、美術館や博物館といったものとは、本来、相容れないものなんじゃないだろうか。

その消毒された無菌性はいっぽうで、完全に清潔だとはいいがたい人間のあらゆる感覚的なものに栓をしてしまう。そうして、こういったミュージアムの安全にまつわる約束ごとは、簡単に作り手の姿勢を矯正しうるという恐怖は絶えずあった。

あらゆる作品は、誰のために、誰に何を知らせようとして、誰に心地よくなってもらうための存在なんだろうか。心地よさ、という要素は、美術館でお金を出した人間のために向けられるのか。もし芸術は心地よくあってはならない、というかつての巨匠の言葉通りだったとしたなら、心地悪さに耐えることのできる健康な生者だけが美術館にやって来るんだろうか。

そうして、人の死はほんとうにその個人の尊厳のために隠されているんだろうか。汚いから隠される、生きている者にとって不快だから隠されるということに、いつの間にか、どこかのタイミングですり替わってしまうことはないんだろうか。いま、世界のあちこちで死体は周到に隠されて、私たちの視界から取り除かれてしまう。まるでゲームでヘッドショットを受けた敵が地面に倒れた後、二、三度点滅して画面上から消えるみたいに。そんなふうに清潔に、心地よく、慎重に隠されたあとには、見せ物的な好奇の目にさえ触れられることもなく腐っていく。いまとなってはもう、地下展示室の好奇な隠し部屋に置かれた、においのない九相図《くそうず》のほかに何も残らなくなるのかもしれないな、と思う。

ただ現実には、命を失った人の体というのは消えることがない。むしろ重くなっていき、刻一刻と腐る。台湾のように温暖で湿度の高い場所ならなおさらかもしれない。それらは時間をかけて水分を出し、みずから溶ける。防疫や衛生的な問題をはらみながら、快、不快の問題をまといながら、決していつまでも透明になることはなく、においを発し続け、手触りを変え続け、在り続ける。

私は、拍手や、笑顔、あるいは眉を顰める人、申し立てをしてくる人、すべてにあらがうことができるんだろうか。あの、国際芸術祭で行なわれた華やかなレセプション、あの眩しく強い光の中に入ってしまってから後、自分の中のなにものも変化せずに揺らがないまま、自分の造るものが変わるわけがないとはっきり言い続けることができるんだろうか。

あのとき、レセプション会場では作品にではなく、私自身に強くスポットライトが当てられていた。私の名前や作品、発する言葉が、同時にその国の言葉で訳され、会場内に広がっていく。時間差で人々はうなずき、ときにささやかな笑いが起きる。私は言葉のわからないたくさんの人たちと握手をし、拍手にうなずき返し、微笑むという行為を絶えず続ける。控室にもどこにも人がたくさんいて、次々に声を掛けられる。強い光が満ちている。スピーチや取材会見、ひとつひとつの要素が、

「あなたが、今この空間の、力学的な中心点です」
と強い灯りで照らしながら突きつけてきた。私はこの光について、戸惑う以外の対処ができていなかった。笑顔のまま窒息してしまいそうだった。オレンジ色の光に照らされた顔の表面はいつまでも熱を持って冷めない。ひょっとしたら今後、私はこの光を、まるで薬物みたいにいつでも欲して、依存してしまうんじゃないかという怯えのほうが、喜びや興奮なんかよりもずっと強かった。

　ふと、私の首が、私の叫びとともにスポットライトの中でごとりと落とされたら、ここにいるたくさんの人たちはどうふるまうだろう、と妄想する。

　事実このときの私は、たくさんの人たちの前で斬首される受刑者とたいして変わらないと思えた。私が自分の作品の一部、創作活動の一部として自分の死を差し出すふるまいをしたなら、この場の人たちはどうそれを鑑賞するんだろう。などと考えながら、にもかかわらず、曖昧で無毒な困惑の笑みを浮かべながら、拍手と光に満ちる舞台にずっと立っている。正確に言えば立たされている。

　これは、私という表現者の生み出す作品は、少なくともたくさんの人間をそこまで酷くは傷つけるものではありません、という保証としてのさらし首の見世物ショーみたいに思えた。

私はその時、まさに出荷される豚だった。その顔に捺される焼き印は、強い光を当てられ続ける自分自身だとか、笑顔で拍手をするギャラリストやアートディーラーや評論家が思いもしないほど複雑な形をしていて、どんな端末でも読み取られることの無い私だけの消えないＱＲ的文様、文化的な仕掛けが何重にもなされている暗号だった。

そうして、便宜上では〝栄光〟と呼ばれてしまう呪いだった。まちがいなく。

梅さんのお父さんのお葬式が行なわれている。

目的だったり、探しものがない旅なんていくらでもある。にもかかわらず、今回のこの旅について、日程が終わって帰ることが、私にはなんだかずっと怖かった。

今後私は、おじいちゃんのルーツを知りたいと思うのかもしれない、という予感があった。おじいちゃんにまつわる痕跡を探して、自分のルーツと重ね、ときにスケッチブックに書きとめて、旅をするという欲望が生まれつつあった。私のおじいちゃんがどういうシステムの中で産まれ、みずからの死を決定するまで、どんなシステムの中で動いていたのか。これから先の旅でおじいちゃんの足跡を探すとしたら、それはたぶん、私の生涯の長さを使って行なう作業になる。何度も旅を終え、何度もまた旅立たなくてはならなくなるにちがいなかった。その旅によって、私は、お母さんや京子さんを傷つけてはしまわないだろうかという不安もあった。

私は、梅さんにこれからの旅の話がしたくなり、捜した。きっと彼女は忙しく働いている。このお祭り騒ぎの中で見つけるのは時間がかかりそうだった。

梅さんのお父さんを偲ぼうにも、私は生きているときの彼を見たことがなかった。梅さんのお父さんは肖像画家だったのにもかかわらず、自画像を一枚も描いていなかったらしい。私はまた、書かれている梅さんのお父さんの名前の字を読むこともできなかった。この参列者の中でおそらく私だけが、今日の主人公である梅さんのお父さんの、名前と顔を一致させることができない人間だった。

お葬式の会場には、食べ物のにおいがずっとしていた。醤油っぽい発酵調味料に熱を加えて焦がした香ばしさと、甘ったるい香辛料のミックス。これは、そういうおいしい料理の存在を知っているからいいにおいに感じるのであって、そんな文化のない世界では、ひょっとしたら死んで腐ったものが草の実と共に火にあぶられた、焦げくさい不穏なものに感じるのかもしれない。

パレードがはじまる。ステージ式のトラックは、チンドン屋じみたミニスカートのマーチングバンド行進の後についてのろのろ動き、流水席のそばに到着したあとやる気のない数人によって展開され、参列者のカラオケ舞台となる。舞台はやぐら状にせりあがっていて、七色に無階調で変色するＬＥＤとミラーボール、造花や果物で飾り立てられている。水分とにおいの粒子が、金管楽器から吐き出される細かく刻んだ旋律や、トラックの荷台に載ったスピーカーから流れるカラオケの伴奏と、知らない人のカラオケの歌声で絶えず震わされている。

生と死のあるこの場所は、においと音楽で満ちている。微細なその粒子は私の周囲で絶えず動き続ける。逆を言えば、生と死がある場所である以上、そこは自然に、においと音楽で満ちる。

吹奏楽のにぎわいの隙間をぬって、カラオケの機械のスピーカーから、歌と泣き声の混ざった哀しく引きずるような高音が流れて私の耳に届く。

汗のにおいがする。生きているものから出る水の、生のにおいだった。死者は汗をかかない。生きているものだけのにおいだった。死者は泣かない。死者というものは自らの意思で水を出さない。死というものは体の中からの水分の喪失だ。だから、私たちは死者のために涙を流す。

ひどく眩暈《めまい》がしたけれど、頭痛はなかった。湿度がとても高い。低温のサウナの中に長くいすぎたときと似た感覚だった。暑さはおそらく体温とほぼ同じで、つまり私の体内の水分と、外の水分はごく薄い皮膚一枚隔ててほとんど同じ状態にある。生という事実がかろうじて、私の内部に水分を留めている。外気と自分の境目が溶けてしまうことが、そのまま死を意味する。

生きている人が酒を飲み、涙と汗を流すいっぽうで、死んでいる人が水分を失っていく祭りが、お葬式というものだということに私は気がついた。

カスミの実家で行なわれたらしきお葬式に、私は参加することができなかった。

国際芸術祭のパーティにも、まわりに食べ物のにおいが満ちていた。スポットライトはその粒子を照らしながら、最終的に私のもとに届いていた。あのとき私が身に着けていた着慣れない黒のドレスは、いつか、お葬式にも着ていけるようにと用意していたものだ。それをこんな晴れの場に持ち出していいものかと、すこし心細かった。あのときの表彰式やパーティの明るさは、どんなに逃げ回ったとしたって、きっと私を照らしたろう。

　梅さんのお父さんが繋がれていた、いんちきの生命維持装置のことを思い出す。それはこのあたりの人間が、やさしさと世間体の混ざった妙ちくりんな文化を元にして作った、からくりのオブジェであることにまちがいがなかった。カスミが設計し構築したルーブ・ゴールドバーグ・マシンの部品に、カスミの人生で出会ったあらゆる人、私や学校の子、さらにカスミに会ったこともない私のおじいちゃんの人生や、地元の友人が混じっているのと同じで、梅さんのお父さんの死を構成する材料には、もちろん梅さんや私も混ざっていて、すべては複雑に入れ子だったり半透明に重なりあったりしている。

京子さんがたばこを吸って待っていた、故郷の駅前にあるしらじらしいロータリーには、いまこの瞬間にも街灯が立っていて、おそらくＬＥＤはもう点灯している時間だろう。この葬式会場にいくつもぶら下がった虹色のランタンと、あのとき会見で私を照らしていた照明と、あの色のない冴えたＬＥＤとが同じ種類の〝光〟という性質を持っていることが、信じられなかった。

私は、全身を包みこんでいる大気に圧倒される。ふらつき、足を取られそうになるのを踏ん張ってこらえている。ふと、あのスポットライトの熱と同じものを感じた。展示会のレセプション、会見、あのときとそっくりだった。気を抜くと倒れそうな自分の体をなんとか二本の足で支えながら、ふらふらする頭の重心バランスをかろうじてとり、揺れていた。

あの、けして作品を照らすためではなく、人を照らすための、人に熱を与える種類の橙色の光が、私の足元の周囲直径一メートルくらいを円形で照らしていて、その光の中に私の首が落ちている。私の足元から転がって離れていく。あの滑らかなロボットのそれみたいに。

その顔は、笑っている？　泣いている？　私はそれが私の顔だとどうやって判断できる？　見上げる体が私のものであることを、なぜ？　これが、私の生のパレードの途中に作られた、からくりのシステムの一部だから？　私の手には、強く何かが握られている。その複雑な形状のため、握る手に痛みがあった。手を広げると、ミニカーだった。体だけの私がしゃがんで、地面にミニカーを置き、注意深く後ろに引いて放すと、ミニカーは走り出して、前に転がった私の首にこつんと当たる。

　私の首は、ミニカーの微かな推進に押されて転がりだす。すうーっと転がって行って、別の場所にたどり着く。フォーメーションを組んでいるミニスカート姿の楽隊のひとりのハイヒールのかかとに、転がった首がこつんと当たって、ぱた、ぱた、ぱたと隊列のひとりずつが順番にドミノ倒しにばらばらに倒れていく。パレードの最前部にいた祈禱師が倒れると、手に持っていた金属板がじゃーん、というドラの音を響かせた。それと同時にトラックの舞台にぶら下がったミラーボールが落ちる。ステージには、眼鏡の彼が、好兄弟のあの男性がいる。男性は悲しげな裏声で歌う。ミラーボールは七色の光をまき散らしながら転がって、宴席の卓の下を進む。葬式会場である通りのあちこちから光が散った。

　そういう、周到に、慎重に、順序だったシステムで私たちの生のパレードは晴れがましく死へ進む。激しい眠気が襲った。あんなに眠れない夜がたくさんあったのに。眠っている場合じゃない、と思いなおす。転がる私の頭を照らす晴れがましいスポットライトは、戦争の、死の爆撃と同じ熱を持っている。さらし首が掲げられた行列は、私がスマートフォンをかざせば、顔認証の矩形に満ち溢れたパレードになるだろう。頭に全身の血が集まって、ぱんぱんになって爆発してしまいそうな感覚がある。頬が発火して皮膚が溶ける寸前の一瞬が、もう永遠に続いてしまうほどの、ひりひり沁みる感覚だった。生まれたものと死んだものとの、かすんだ境目に立っているという、まちがいようのない実感があった。あのときも。

　カスミの。

おじいちゃんの。

初出　「群像」　二〇二二年九月号

高山羽根子

（たかやま・はねこ）


1975年富山県生まれ。2010年「うどん キツネつきの」で第1回創元SF短編賞佳作を受賞。

2015年短編集『うどん キツネつきの』が第36回日本SF大賞最終候補に。

2016年「太陽の側の島」で第2回林芙美子文学賞大賞受賞。

2019年「居た場所」で第160回芥川龍之介賞候補、「カム・ギャザー・ラウンド・ピープル」で
第161回芥川龍之介賞候補。2020年「首里の馬」で第163回芥川龍之介賞を受賞。

パレードのシステム

二〇二三年一月二四日　第一刷発行

著者　高山《たかやま》羽《は》根《ね》子《こ》

発行者　鈴木章一

発行所　株式会社講談社

〒一一二-八〇〇一　東京都文京区音羽二-一二-二一

電話　出版　〇三-五三九五-三五〇四

販売　〇三-五三九五-五八一七

業務　〇三-五三九五-三六一五

印刷所　凸版印刷株式会社

製本所　株式会社若林製本工場

KODANSHA

ISBN978-4-06-530359-7